Annette G. Krupka

Entführt

3 Fall um Katherina Schulz

Impressum

© 2019 Annette Gisela Krupka
Herstellung und Verlag: BoD – Books on Demand, Norderstedt
ISBN 9783749499847

Das Buch:

Kate Schulz, ehemalige FBI Agentin, hat sich in ihrer Heimatstadt Plauen fest etabliert.
Während sie langsam ihrem Familiengeheimnis etwas näher zu kommen scheint, treten die Eltern einer entführten Zehnjährigen an sie heran.
Die Bedingung des Entführers: 500.000,00 Euro in bar, keine Polizei und Kate Schulz muss das Geld überbringen.
Kate bleiben 2 Minuten sich zu entscheiden.

Kapitel 1

Es war ein Auftauchen aus einer schmerzvollen Erfahrung. So musste die Hölle sein.

Furchtbar helles Licht brannte ihr in den Augen.

Ihr ganzer Körper schien in Flammen zu stehen, besonders ihr Mund und ihr Rachen.

Ein unbeschreibliches Erstickungsgefühl machte sich in ihr breit. Sie wollte rufen, schreien, um Hilfe bitten, aber das konnte sie nicht.

Wie eine eiserne Hand umschloss etwas oder jemand ihre Kehle und als sie versuchte, trotz dieser Schmerzen, zu schlucken, spürte sie irgendetwas in ihrer Kehle.

Es versperrte den Weg und weder schlucken noch sprechen war möglich.

Irgendein mittelalterliches Folterinstrument, schoss ihr durch ihre trüben Gedanken, dass sie vor langer Zeit in einem Museum gesehen hatte.

War es das, was man in ihren Rachen gesteckt hatte? Aber warum?

Die aufsteigende Panik wurde stärker. Sie versucht sich zu bewegen, aber auch das war nicht möglich.

Sie war gefesselt, ihrem Peiniger auf Gedeih und Verderb ausgeliefert.

Oder war es doch die Hölle, vielleicht das Fegefeuer?

Sie sah Bilder vor sich, es war Dantes Werk der Hölle, ja, hier musste sie gelandet sein.

Einen Augenblick schien sie zu resignieren, denn was konnte sie dagegen tun?

Sie musste für ihre Sünden büßen.

Dann stemmte sie sich plötzlich intensiver gegen die Fesseln.

Nein, es gab keine Hölle und kein Fegefeuer, das waren Ängste, die die Kirche geschürt hatte.

Aber sie, sie glaubte doch nicht daran.

Sie war in den Händen von Menschen, sadistischen Menschen, die sie gefangen hielten.

Sie musste sich wehren, solange sie es noch konnte.

Aber wie?

Sie konnte nicht um Hilfe schreien, zu sehr brannte, was auch immer, tief in ihrer Kehle.

Also stemmte sie sich erneut gegen die Fesseln.

Da tauchte ein Gesicht vor ihr auf, brennende Augen, maskiert.

Hinter der Maske murmelte es, beschwörende Worte, die nicht in ihr Gehirn vordrangen. Warum nicht?

Sprach dieses Wesen eine Sprache, die sie nicht kannte?

Sie versuchte sich zu drehen, weg von ihm, von dieser Maske, aber jetzt schien das Wesen zornig zu werden.

Es rief und dann kamen sie, noch mehr maskierte Dämonen, die sie anstarrten und dann, dann spürte sie ein Brennen in sich und schließlich eine Wärme.

Eine gute, weiche Wärme, die sie einhüllte und hinübergleiten ließ.

Das Licht, das zuvor in ihren Augen gebrannt hatte, verschwand langsam und ließ sie in einer Dunkelheit zurück, die nur der Tod sein konnte.

Kapitel 2

Es war ein so grauer Novembernachmittag, der wirklich aufs Gemüt schlagen konnte.

Kate hatte in der Bibliothek den Kamin angeheizt und obwohl sie sich darauf gefreut hatte, ihn endlich nutzen zu können, wollte sich heute so keine rechte Freude einstellen.

Gerade prasselte ein Graupelschauer gegen die Fenster und überzog den Garten mit einer weißen Schicht.

„Mistwetter", murmelte sie und schenkte sich noch eine Tasse Tee ein.

Diese Teemischung, eine Empfehlung von Omar Amri, war wirklich gut.

Würzig, etwas scharf, löste sie eine wahre gustatorische Explosion auf der Zunge aus.

Kate legte das Buch, ein Band mit vogtländischen Sagen, aus der Hand und gähnte.

Eigentlich hatte sie heute noch eine Runde joggen wollen, aber bei diesem Wetter sollte sie wohl besser darauf verzichten, zumal ein erneuter Graupelschauer wie eine weiße Wand vor das Fenster zog.

Kate war regelrecht froh, als ihr Telefon klingelte.

„Hallo, Omar", sagte sie, als sie die Nummer des Pathologen im Display sah.

„Ich trinke gerade deinen Tee."

Sie hörte sein tiefes, melodisches Lachen.

„Wenn es nicht unwissenschaftlich wäre, würde ich sagen, ein klarer Fall von Gedankenübertragung."

Dann räusperte er sich.

„Hast du morgen Abend Zeit?"

Sie runzelte etwas die Stirn.

„Klar, morgen ist Sonntag, wenn nichts Unvorherge-sehenes dazwischenkommt, natürlich. Wollen Jasmin und du vorbeikommen?"

„Nein, Jasmin ist in Prag. Sie kommt erst am Montag wieder. Sie hat einen potentiellen Mieter für ihr Haus."

Kate verschluckte sich fast an ihrem Tee.

„Ihr zieht zusammen?"

Wieder das gutmütige, dröhnende Lachen, sodass sie den Hörer einige Zentimeter vom Ohr weghalten musste.

„Ist das so etwas Ungewöhnliches? Meine Wohnung ist groß genug und da ich oft unterwegs bin, hocken wir auch nicht ständig aufeinander. Ja, wir wagen es."

Kate musste daran denken, was ihre Mitarbeiterin, Annalena „Abby" Heimat, dazu sagen würde.

So überaus tüchtig und pfiffig Abby war, war sie doch eine hoffnungslose Romantikerin und hatte die Beziehung von Omar und Jasmin schon lange vo-rausgesehen, als noch niemand daran zu denken wagte.

„Also willst du allein vorbeikommen?", brachte Kate das Gespräch wieder auf Omars eigentliches Anlie-gen.

„Ich habe Neuigkeiten über deinen Großvater."

Kate spürte, wie ihr ein Schauer über den Rücken lief.

Vor über einem Jahr war die Frau, die sie 45 Jahre für

ihre Großmutter gehalten hatte, hier in diesem Haus tot aufgefunden worden.

Man hatte sie, Katerina Schulz, FBI Agentin aus Atlanta, mit dieser Tat konfrontiert und sie war sofort nach Deutschland geflogen, nach Plauen, die Stadt, die sie mit 15 Jahren, gemeinsam mit ihren Eltern, verlassen hatte.

Hier hatte sie schließlich erfahren, dass Clara Voigt nie ein Kind geboren hatte und Kates Mutter adoptiert worden war.

Clara Voigts Ehemann, im Zweiten Weltkrieg gefallen, hatte eine Verbindung zu Josef Mengele, eine Tatsache, die Kate immens emotional aufgewühlte. Trotzdem hatte sie Omar gebeten, weiter zu forschen. Ein guter Bekannter von ihm galt als *der* Spezialist in der Erforschung von Soldatenschicksalen im Zweiten Weltkrieg.

Von ihm waren entscheidende Hinweise gekommen, die die Anwesenheit von Oberstabsarzt Dr.med. Johannes Voigt, zumindest in der Nähe von Auschwitz, bestätigte.

„Kate?"

Sie schreckte hoch.

„Entschuldige, Omar. Was sind das für Neuigkeiten?"

Ihre Stimme klang belegt.

„Ich würde dir das lieber morgen Abend persönlich erzählen, als jetzt am Telefon", sagte Omar nach einem kurzen Zögern.

„Okay, dann bis morgen Abend, gegen 18.30 Uhr?

Ich koche uns was?"

Wieder ein kurzes Zögern.

„Ähm, lass nur, ich bringe etwas mit."

Jetzt musste Kate lachen und ihre trübe Stimmung verflog.

„Du traust also meinen Kochkünsten noch immer nicht?"

„Du magst eine tolle FBI-Agentin sein, aber kochen, nein, das kannst du definitiv nicht", sagte Omar mit seiner, oft schonungslosen, Offenheit.

Aber Kate war nicht beleidigt. Er hatte ja Recht. Kochen gehörte wirklich nicht zu ihren herausragenden Eigenschaften.

„Also gut, bring etwas mit. Tschüss bis morgen Abend."

Sie legte auf und schenkte sich noch eine Tasse Tee ein.

In diesem Moment klingelte wieder das Telefon.

„Hallo Mike."

„Kate, hast du heute Abend schon etwas vor?", fragte Hauptkommissar Mike Köhler.

Er hatte den Fall ihrer Großmutter bearbeitet und seither war er ein fester Berater ihres Teams, ein guter Freund und…ja, was und?

„Nein, noch nichts", sagte sie und sah aus dem Fenster, wo sich wieder eine Flut von Schneeregen gegen die Scheibe ergoss.

„Also, für Outdooraktivitäten ist heute definitiv kein Wetter."

„Hatte ich auch nicht vor. Ich dachte an einen Kinobesuch und anschließend einen Absacker?"

Obwohl es Kate nicht gerade nach draußen zog, willigte sie ein.

„Dann hole ich dich gegen 18.00 Uhr ab?"

„Klar doch, bis dann."

Sie lehnte sich wieder zurück.

Mike und sie gingen öfter miteinander aus, redeten viel und teilten eine Menge gemeinsamer Interessen. Trotz allem war es bisher bei einer reinen Freundschaft geblieben.

„Ihr tanzt umeinander herum wie zwei Schmetterlinge auf der Suche nach einem Landeplatz", hatte es Jasmin Weidner, Omars Freundin und ihre stellvertretende Geschäftsführerin, einmal ausgedrückt.

Kate fand, sie hatte Recht.

Irgendetwas knisterte zwischen ihnen und sie beide trauten sich nicht, einen Schritt aufeinander zuzugehen.

In diesem Moment klingelte es an der Tür.

„Was ist denn heute los?", knurrte sie und stand auf. Über ihre Überwachungsanlage sah sie ein Paar vor dem Gartentor stehen.

Erst vermutete sie einen Besuch der Zeugen Jehovas, die sie schon einige Male beehrt hatten.

Kate hatte den immensen Fehler gemacht, ihnen aufmerksam zuzuhören, was diese scheinbar bestärkt hatte, jetzt öfter einen neuen Missionsversuch bei ihr zu starten.

Aber beim näheren Hinsehen erkannte sie, dass beide, die etwas 35- jährige Frau und der nur leicht ältere Mann, unter erheblichen Druck zu stehen schienen.

Das zumindest drückte ihre Körpersprache aus.

Sie sahen sich immer wieder aufgeregt um und starrten dann fast hypnotisch auf ihre Tür.

Der Mann betätigte ein zweites Mal, jetzt heftiger, die Klingel. Einbrecher?

Kate schüttelte den Kopf.

Nein, so wirkten sie nach erstem Eindruck nicht, eher wie zwei tief verzweifelte Menschen auf der Suche nach Hilfe.

Trotzdem würde sie vorsichtig bleiben.

Sie trat aus der Haustür auf den Abtreter, der bereits voll nassem Schnee lag.

„Bitte?"

Die Frau umklammerte das Gartentor.

„Frau Schulz? Sind sie Frau Katherina Schulz?"

Ihre Stimme klang panisch.

„Ja", sagte Kate nur und beobachtete den Mann, dem bei Bestätigung ihres Namens die Schultern nach unten sackten.

Er wirkte wie eine dieser aufblasbaren Puppen, aus der man plötzlich langsam die Luft ablässt.

„Gott sei Dank", murmelte er und hielt sich am Zaun fest, scheinbar um nicht nach vorn in den Schneematsch zu kippen.

„Was wünschen sie?"

Trotz dieser, fast greifbaren Verzweiflung der beiden, war Kate vorsichtig.

Ihre Erfahrung als Special Agent beim FBI hatte sie

gelehrt, nie zu schnell und zu emotional zu entscheiden, das konnte verhängnisvoll sein.

„Es geht um unsere Tochter, Frau Schulz, bitte, sie müssen uns helfen."

„Hat das nicht Zeit bis Montag? Sie könnten in mein Büro kommen."

„Nein."

Die Frau schrie es fast und wedelte mit einem Umschlag, den sie aus einer großen Tasche gezogen hatte, die Kate jetzt erst bewusst wahrnahm.

Als sie nicht reagierte, hob die Frau ihre Hände zu einer flehenden Geste.

„Bitte, sie müssen uns anhören, jetzt."

Kate war sich plötzlich nicht mehr sicher, ob dieses Verhalten echt war. Es kam ihr geradezu theatralisch vor.

Ihr Füße, die nur in dicken Socken steckten, wurden von dem Schnee auf dem Abtreter nass und überhaupt war das definitiv kein Wetter, um irgendeine Form der Konversation vor der Haustüre zu treiben.

„Wie gesagt, kommen sie am Montag in mein Büro und…", versuchte sie die Situation zu beenden, als der Mann sich plötzlich aufrichtete und Kate direkt in die Augen sah.

„Unsere Tochter wurde entführt und wenn sie, Frau Schulz, nicht schnell, also heute noch, das Lösegeld überbringen, wird sie sterben."

Kapitel 3

Keine fünf Minuten später saß das Ehepaar Krause, so hatten sie sich vorgestellt, in Kates Bibliothek, versorgt mit jeweils einer Tasse Tee, die sie nicht anrührten und breiteten auf dem Tisch zwei DIN A 4 Blätter aus.

Es waren Computerausdrucke, einfaches Papier und steckten in je einer Klarsichthülle.

Der erste Bogen enthielt die knappe Nachricht, dass Luise, die 10-jährige Tochter der Krauses, entführt worden war.

Diese sollten keine Polizei einschalten, sonst würden sie das Mädchen nicht lebend wiedersehen.

Des Weiteren versicherte der Schreiber, Luise gehe es gut und er würde sich wieder melden. Sie hätten zwei Tage Zeit, die Lösegeldsumme in Höhe von fünfhunderttausend Euro aufzutreiben.

Der zweite Bogen enthielt die klare Anweisung mit dem Geld und dem beiliegenden Handy am Samstagnachmittag Frau Katherina Schulz- hier stand ihre genaue Adresse- aufzusuchen und sie zu bewegen, das Lösegeld zu überbringen.

FRAU SCHULZ WAR SPEZIAL AGENT BEIM FBI UND KANN PROFESSIONELL MIT DIESEN SITUATIONEN UMGEHEN. SIE WIRD DAS GELD ÜBERBRINGEN UND IM AUSTAUSCH LUISE ERHALTEN. ES WIRD KEINE ANDERE OPTION GEBEN.WILLIGT SIE NICHT EIN, STIRBT LUISE.

Kate starrte auf das Blatt und lehnte sich zurück. Dann sah sie auf das schlichte, silberfarbene Nokia-Handy.

„War das dabei?", fragte sie.

„Ja."

Die Antwort kam von Herrn Krause, der jetzt beherrschter wirkte als seine Frau, die lautlos weinte.

„Sie waren nicht bei der Polizei?"

Jetzt fuhr Frau Krause auf.

„Haben sie es nicht gelesen? Er tötet Luise, wenn wir die Polizei einschalten. Haben sie das nicht kapiert?"

Frau Krauses Stimme hatte eine Höhe erreicht, die Kate in den Ohren klirrte.

In diesem Moment klingelte das Nokia auf dem Tisch.

Frau Krause starrte es an wie ein wild gewordenes Tier, während ihren Mann ein unkontrolliertes Zittern durchlief.

Kein Zweifel, die beiden waren am Rand eines Nervenzusammenbruchs.

Nachdem beim vierten Klingelton keiner von ihnen reagierte, nahm Kate das Handy vom Tisch und drückte den grünen Knopf.

„Ja, bitte?"

„Frau Katherina Schulz?"

Die Stimme klang fest, ruhig, nicht mehr ganz jung.

„Wer möchte das wissen?"

Auch Kates Stimme war ruhig.

„Die Familie Krause ist inzwischen bei ihnen eingetroffen und sie haben ihnen sicher meine Bedingungen mitgeteilt?"

Kein hörbarer Akzent oder Dialekt, registrierte Kate. Alter vermutlich zwischen 40 und 60 Jahren. Wobei sie das Alter eher um die Fünfzig einordnete. Seine Ausdrucksweise war korrekt.

„Frau Schulz?", fragte er nach.

Also gute Umgangsformen, höflich.

„Ich habe sie verstanden."

Kate blieb betont knapp. Er durfte nicht das Gefühl haben, dass sie ihn in irgendeiner Form bedrängen wollte.

„Das ist sehr gut. Sie werden das Geld also überbringen?"

Ja, würde sie das? Sie hatte nicht einmal eine halbe Stunde Zeit gehabt das alles zu überdenken.

Sie kannte weder die Leute, die hier in ihrer Bibliothek saßen und hatte auch keine Chance, innerhalb der kurzen Zeit Recherchen anzustellen.

„Frau Schulz, wenn sie mir das Geld an einen, von mir bestimmten, Übergabeort bringen, werde ich ihnen dort Luise übergeben. Das Geld gegen das Leben des Mädchens."

Als Kate ihm nicht antwortete, sagte er: „Ich rufe in zwei Minuten wieder an. Bis dahin entscheiden sie sich, ja oder nein. Aber es wird keine zweite Option geben."

Damit war die Verbindung unterbrochen.

Es war ein cleverer Schachzug.

Kate würde keine Möglichkeit haben, in dieser kurzen Zeit eine Aktion loszutreten.

Spontan ergriff sie ihr iPhone und sendete eine Mitteilung.

Herr Krause hatte sie die ganze Zeit nicht aus den Augen gelassen.

„Werden sie es tun?", fragte er leise.

Entschlossen umfasste Kate das Nokia.

„Ja."

Steven Neubauer hasste eigentlich Fitnessstudios. Er bevorzugte Aktivitäten an der frischen Luft, wie Joggen oder Surfen.

Aber das gegenwärtige Wetter lud weder zu dem einen noch zu dem anderen ein.

Zudem lag das Fitnessstudio nur zwei Minuten von seiner Wohnung entfernt und machte einen guten Eindruck.

Also hatte er sich entschlossen, in diesem Winter hier regelmäßig zu trainieren. Er wollte gerade auf das Laufband steigen, als seine Watch ihm eine Nachricht sendete.

Er verdrehte die Augen.

„Ach Chefin, kannst du nicht mal Samstagnachmittag Ruhe geben?", murmelte er und warf sich das Handtuch über die Schulter.

Er ging einen Schritt zur Seite und las stirnrunzelnd die Nachricht.

„Kannst du mich tracken? Notfall- Bernd und Katrin Krause."

Kopfschüttelnd ging er zum Tresen, an dem ein sehr sportlich aussehendes, junges Mädchen lehnte.

„Was, schon genug für heute?", fragte sie und ließ einen wohlwollenden Blick über Stevens Body gleiten.

Der bemerkte es nicht einmal.

„Ja, leider, der Job ruft", murmelte er beiläufig und rang sich noch ein Lächeln ab.

Er ging in die Umkleide und nahm, ohne sich zu duschen, seine Tasche und Jacke und rannte durch

das immer stärker werdende Graupel- und Schneetreiben nach Hause.

„Ich frage mich, wozu ich noch in ein Fitnessstudio
gehe, dass hier sollte reichen", murmelte er, leicht
atemlos, als er die gefühlt einhundert Stufen zu seiner Dachgeschosswohnung hinaufgesprintet war.

Im Flur ließ er Jacke und Tasche achtlos fallen und
loggte sich in seinen PC ein.

Kate und alle ihre Mitarbeiter hatten eine Tracking
App, das diente nicht der Kontrolle, sondern der
Sicherheit.

Stirnrunzelnd sah er auf die Position.

Kate war also zu Hause. Warum machte sie dann die
Pferde scheu?

Kopfschüttelnd rief er sie an.

Ohne Erfolg.

Er versuchte es über das Festnetz, auch keine Reaktion.

Stirnrunzelnd entledigte er sich seiner Fitnesssachen
und stieg unter die Dusche.

Fünf Minuten später versuchte er es erneut, wieder
ohne Erfolg.

Es war sicher besser, direkt zu ihr zu fahren.

Er zog sich an, packte seinen Laptop ein und rannte
die Treppen wieder hinunter.

Mit seinem Audi TT brauste er, nicht gerade mit an-
gemessener Geschwindigkeit, durch die Stadt und
erreichte Kates Haus innerhalb von zehn Minuten.

Es war erhellt, die Lampe über der Eingangstür
brannte, auch innen sah er einen Lichtschein.

Auf sein mehr oder weniger heftiges Klingeln reagierte niemand.

Schräg gegenüber, an der Haustür des hellen, kleinen Hauses, erschien ein älterer Mann und legte die Hand über die Augen, um in dem Schneetreiben irgendetwas sehen zu können.

Steven kannte ihn.

„Hallo, Herr Winter, wissen sie, ob Frau Schulz zu Hause ist?", rief er ihm zu.

Dieser zögerte eine Weile, bis Steven über die Straße kam.

„Ach, sie sind es, junger Mann", sagte er, als er in ihm einen Mitarbeiter seiner Nachbarin erkannte.

„Frau Schulz kam vor ungefähr einer halben Stunde aus dem Haus, mit einem Paar, so um die vierzig, schätze ich. Das Paar ist da hinter gelaufen und in einen schwarzen BMW gestiegen, ziemlich neu. Frau Schulz ist mit ihrem Auto in die entgegengesetzte Richtung davon. Sie hatte es wohl ziemlich eilig. Ihre Jacke war noch offen und dass bei dem Wetter. Sie hat sich auch erst im Fahren angeschnallt, das macht sie sonst nie. Und zu schnell war sie außerdem unterwegs."

„Es geht doch nichts über Nachbarn mit detektivischen Ambitionen", dachte Steven, als er die leuchtenden Augen von Herrn Winter sah.

Er wusste, wie der alte Herr es genoss, dass jetzt eine ehemalige FBI Agentin mit einer eigenen Detektei in dieser sehr ruhigen und eher biederen Gegend wohnte.

Noch ehe er etwas antworten konnte, sah er ein Auto direkt vor Kates Gartentor parken.

„Danke, Herr Winter", sagte er noch schnell und sprintete auf die andere Straßenseite, als gerade Hauptkommissar Mike Köhler aus dem Auto stieg und auf das Tor zuging.

„Hi, Mike, hat sie dir auch eine Nachricht geschickt?" Diese wandte sich um und sah Steven verdutzt an.

„Was? Nein, wir sind verabredet, wir wollen ins Kino."

Er drückte auf die Klingel.

„Habe ich auch schon versucht, sie ist nicht da."

Steven zeigte ihm die Nachricht und sagte ihm, was Herr Winter beobachtet hatte.

Mike schüttelte den Kopf.

„Was soll denn das? Du sollst ihr Handy tracken und dann hat sie es nicht dabei?"

Steven deutete auf Mikes Auto.

„Können wir uns reinsetzen? Ich bin kurz vor der Schockfrostung."

Jetzt sah dieser erst, wie dem Computerexperten der Schneeregen aus dem Haar tropfte und er schon völlig durchnässt war.

Im Wagen sitzend, packte Steven seinen Laptop aus und fuhr wie wild über die Tasten.

Mike hatte die Heizung auf maximal gedreht und sah ihm mit steigender Ungeduld zu.

„Was machst du?", konnte er schließlich nicht an sich halten zu fragen.

„Ich tracke ihr Auto."

Steven hob nicht einmal den Kopf.

Mike verkniff sich eine Bemerkung, als Steven von selbst ergänzte. „Ich habe die Daten noch von ihrer Geschichte in Tschechien."

Dann nahm er plötzlich seine Hände von den Tasten und starrte nur auf den Bildschirm.

Langsam wandte er den Kopf und sah Mike in die Augen.

„Ich glaube, Kate hat ein Problem."

Kate hatte ihre Daunenjacke nicht einmal zugeknöpft, als sie, nur die Tasche mit dem Geld in der einen, sowie das Handy in der anderen Hand, in ihren Wagen sprang.

„Gehen sie nach Hause und wenn sie in einer Stunde nichts von mir gehört haben, rufen sie die Polizei, haben sie das verstanden?"

Das waren ihre letzten Worte an die Krauses gewesen, die beide zögernd genickt hatten.

Jetzt fuhr sie, das eingeschaltete Nokia auf dem Beifahrersitz, in Richtung Syrau, wie der Entführer es ihr gesagt hatte.

„Lassen sie ihr eigenes Handy zu Hause. Wenn sie das nicht tun, gefährden sie alles", hatte er von ihr verlangt.

Kate war trotzdem beruhigt, da sie wusste, dass Steven notfalls auch ihren Wagen tracken konnte, also würde er ihrer Spur folgen können.

Aber sicher war das gar nicht nötig.

Der Entführer klang sehr ruhig und fokussiert, er wollte nur das Geld.

Jetzt gab er ihr über das Handy klare Anweisungen.

„Wenn sie an dem Ort ankommen, zu dem ich sie leiten werde, steigen sie aus, ziehen den Autoschlüssel ab und bringen ihn mit. Aber lassen sie die Wagentür auf, sie sollen ja nicht mit Luise in der Kälte stehen müssen. Sie können sich in ihr Auto setzen bis Hilfe kommt."

„Gut", sagte Kate nur knapp.

„Jetzt biegen sie bitte nach rechts ab und fahren sie

Richtung Klein-Amerika, kennen sie das?"

Kate räusperte sich.

„Ich werde es finden."

Plötzlich hörte sie ein leises Lachen.

„Von Amerika nach Klein-Amerika, irgendwie komisch."

Sie runzelte die Stirn.

Ein Entführer mit Humor, das hatte ihr gerade noch gefehlt. Aber scheinbar war er entspannt und das war gut so. Die meisten Überreaktionen in solchen Situationen, die sie erlebt hatte, waren auf Stress zurückzuführen.

Endlich las sie ein Schild, *Klein-Amerika*.

Sie erinnerte sich, dass hier früher eine Gaststätte gewesen war, wo sie einmal mit ihren Eltern gegessen hatte.

Jetzt schien das Gebäude leer zu stehen, wie sie beim Vorbeifahren sah.

„Fahren sie einfach weiter", befahl ihr Gesprächspartner.

Ihr Heck schlug leicht aus, so glatt wurde plötzlich die Fahrbahn.

„Fahr langsam", ermahnte sie sich.

Dann entdeckte sie eine Brücke.

„Nach der Brücke links. Fahren sie den Waldweg. Nur ein Stück, bis ich stopp sage."

Sie lenkte langsam über die Brücke und dann nach links. Auf dem Waldweg fand sie erstaunlicherweise mehr Halt als auf der überfrorenen Straße.

„Stopp."

Kate hielt an und blieb im Auto sitzen.

„Ziehen sie bitte ihre Jacke aus, dass ich sehe, dass sie keine Waffe tragen. Nehmen sie den Autoschlüssel und das Handy und kommen sie mit dem Geld heraus."

Langsam stieg Kate aus, ließ ihre Jacke auf den Fahrersitz gleiten, nahm die Reisetasche und stellte sich neben die Wagentür.

Im Lichtstrahl der Scheinwerfer sah sie ein Mädchen, dick eingepackt, auf einer Decke neben einem Baum hocken. Eine Hand war mit einer Handschelle an einen dicken Ast gekettet.

Zumindest äußerlich schien das Mädchen unversehrt.

Ihr Entführer schien auch für ihre Bequemlichkeit gesorgt zu haben, dafür sprach die warme Kleidung und die Decke.

„Danke, dass sie gekommen sind, Frau Schulz."

Kate schrak unwillkürlich zusammen, als direkt hinter ihr die bekannte Stimme ertönte.

Sie widerstand der Versuchung, herumzufahren.

Ihre Muskulatur spannte sich an und ging in den Kampfmodus.

Aber der Mann trat vor sie und hielt einen sicheren Abstand.

Er war groß, mindestens Einenmeterneunzig, muskulös und mit einer Sturmhaube gesichtslos.

Er sah in Richtung der Tasche.

„Haben sie das Geld?"

Kate nickte und deutete auf die Tasche.

„Soll ich sie öffnen?"

Auf sein Nicken hin öffnete sie den Reißverschluss und nahm einige der Bündel heraus. Scheinbar genügte ihm das.

„Danke", sagte er wieder, ausgesucht höflich.

„Stellen sie bitte die Tasche da hin und legen sie das Handy und ihren Autoschlüssel darauf."

Er deutete auf eine kleine Lichtung und Kate tat was er sagte.

In ihrer dünnen Bluse und der Jeans fror sie entsetzlich, aber wenn alles gut ging, saß sie in wenigen Minuten erst einmal mit dem Mädchen in ihrem Auto. Dort waren sie wenigstens vor dem Wind und dem Schneeregen geschützt.

Als sie wieder zurückkam, sah sie den Mann, der zu Luise deutete.

„Der Schlüssel für die Handschellen hängt oben an einem Ast. Danke nochmal, Frau Schulz, bei ihnen merkt man, dass sie ein Profi sind."

Er verneigte sich leicht und ging auf die Lichtung zu, nahm die Tasche und verschwand im Wald.

Kate stieß langsam die Luft aus.

Sie sah zu Luise, deren Gestalt immer mehr in dem Schneetreiben zu verschwimmen schien. Mit wenigen Schritten war sie bei ihr.

„Es ist alles vorbei, Luise. Du bist gleich wieder bei deinen Eltern."

Sie lächelte ihr zu, aber das Mädchen hatte nicht nur den Kopf gesenkt, sondern auch die Augen fest zugepresst.

„He", sagte Kate aufmunternd und reckte sich nach dem Schlüssel, der an einem kleinen Ast mit einem Ring befestigt war.

„Nein, nicht", hörte sie das Mädchen flüstern, als sie an dem Ring zog.

„Warum soll ich…"

In diesem Moment spürte sie einen heftigen Schmerz an ihrem Hals, wie der Stich einer Biene, nur brennender.

Sie fasste sich an die Schmerzstelle und zog einen kleinen, spitzen Pfeil aus der Wunde.

„Was…", murmelte sie, ehe ihr die Beine wegknickten.

Sie sah noch den traurigen Blick des Mädchens, ehe sie das Bewusstsein verlor.

Kapitel 4

Das Waldstück war taghell ausgeleuchtet, was aber nichts gegen das, noch immer heftige, Schneetreiben half.

Kates Auto stand, mit offener Fahrertür, im Zentrum der Lampen. In weiße Overalls gehüllten Gestalten liefen hin und her und schufen eine surreale Situation.

Hauptkommissar Mike Köhler und Steven Neubauer standen neben Mikes Auto auf der Brücke. Hier störten sie am wenigsten oder liefen Gefahr, weitere Spuren zu vernichten.

Als sie hier vor einer guten Stunde angekommen waren, hatten sie natürlich nach Kate gesucht, aber schnell gemerkt, dass weder sie noch irgendjemand anderes hier war.

Mike hatte die Spurensicherung verständigt und sofort zwei Mitarbeiter zu Bernd und Katrin Krause geschickt, zu jenen Namen, die Kate Steven übermittelt hatte.

Jetzt kannten sie den Grund, warum Kate hier her gefahren war.

Luise, die zehnjährige Tochter der Krauses, war vor drei Tagen entführt worden und der Entführer hatte verlangt, dass Katherina Schulz das Lösegeld überbringe sollte.

„Es war eine Falle und sie ist mitten hineingelaufen", sagte Mike tonlos und schüttelte den Kopf.

Jetzt trat der Leiter der Spurensicherung zu ihnen. Er warf einen Blick auf Steven, weil ihm nicht klar war, ob er in Anwesenheit eines Außenstehenden etwas sagen sollte.

Erst als Mike nickte, sagte er: „Dieser Wetter ist der Alptraum jedes Spurensicheres. Aber ein bisschen was haben wir trotzdem. Das Mädchen war scheinbar an dem Baum festgekettet, sicher eine Handschelle. Sie hat sich nicht gewehrt, keine Abriebstellen. Oberhalb war ein Ring angebracht mit einem Mechanismus. Vermutlich hingen dort die Schlüssel der Handschellen. Der Mechanismus löste sich bei Berührung aus. Wir haben einen kleinen Pfeil gefunden, das könnte ein Betäubungspfeil sein, aber das ist Sache des Labors."

Er deutete nach links.

„Dort stand ein Auto, vermutlich ein Pickup oder so etwas. Mehr haben wir zurzeit noch nicht."

Mike klopfte ihm kurz auf die Schulter.

„Okay und danke, das ist immerhin etwas."

Der Leiter der Spurensicherung nickte betrübt und ging wieder zu seinen Leuten.

In diesem Moment brauste ein SUV heran und bremste knapp neben Mike und Steven.

Noch ehe Professor Amri herausklettern konnte, war Jasmin Weidner, stellvertretende Geschäftsführerin von Schulz-Security, aus dem Auto gesprungen und rannte auf den Hauptkommissar zu.

„Was ist mit Kate?", fragte sie schroff und sah ihn an, als sei er persönlich für das Verschwinden ihrer Chefin verantwortlich.

„Wahrscheinlich entführt", antwortete der knapp, was Jasmin noch mehr zu erregen schien.

„Wahrscheinlich?", fragte sie gefährlich leise.

Inzwischen war auch Omar neben sie getreten und legte seine große Hand beruhigend auf ihre Schulter. Dann sah er Mike und Steven an.

„Gibt es schon eine Spur?"

Obwohl er betont ruhig fragte, war auch seine Erregung zu spüren.

Mike zuckte die Schultern.

„Ein paar, aber die müssen erst ausgewertet werden, dir muss ich das ja nicht sagen."

Der Pathologe nickte bedächtig.

„Etwas Vielversprechendes dabei?"

Mike schüttelte verärgert den Kopf.

„Omar, du weißt doch wie das ist, wir können noch nichts sagen. Schau dich hier mal um. Das ist spuren-technisch ein Desaster."

Er hatte Recht. Das Wetter schien sich von Minute zu Minute zu verschlechtern, die Sicht war inzwischen nur noch auf wenige Meter beschränkt.

„Ich fahre jetzt zu der Familie Krause."

Als er sich zu seinem Auto umwandte, sagte Jasmin:

„Und wir zu Kates Haus, vielleicht finden wir dort einen Anhaltspunkt."

Mike stoppte und sah sie an.

„Ihr haltet euch hier raus, das ist…"

Jasmin hatte die Arme in die Hüften gestemmt und baute sich vor ihm auf, sodass er daran gehindert wurde, in sein Auto einzusteigen.

„Das tun wir ganz bestimmt nicht. Kate ist nicht nur unsere Chefin, sie ist unsere Freundin und wir werden jeden verdammten Stein umdrehen, bis wir sie gefunden haben. Auch Sie werden uns nicht davon abhalten, Herr Hauptkommissar."

Ihre Stimme war jetzt weithin hörbar und sie hatte ihren Zeigefinger in Mikes Brustkorb gebohrt. Unwillkürlich wich er zurück und prallte gegen sein Auto.

Steven war jetzt hinter Jasmin getreten und zog sie sanft zurück.

„Mike, Jasmin hat Recht. Du kannst uns nicht außen vorlassen, du brauchst uns", sagte er leise und ruhig, aber eindringlich.

Der Hauptkommissar fuhr sich mit beiden Händen durch die Haare.

So gerne er Jasmin in die Parade gefahren wäre, er wusste, dass Steven Recht hatte. Schon allein der Computerexperte hatte Möglichkeiten, von denen er nur träumen konnte.

Mochten sie auch manchmal, oder vielmehr meistens, illegal sein, so erfüllten sie doch ihren Zweck.

Auch Kates andere Mitarbeiter waren gut ausgebildete Leute und ehe sie auf eigene Faust loszogen und mehr Schaden als Nutzen anrichteten, war er besser, mit ihnen, wenn auch inoffiziell, zusammenzuarbeiten.

„Also gut", räumte er zögernd ein.

„Fahrt in ihr Haus. Wenn ihr irgendeine Spur findet,

unternehmt in Gottes Namen nichts auf eigene Faust, sondern ruft mich an."

Er sah Jasmin, Omar und Steven nacheinander eindringlich an, bis alle drei, mehr oder minder zögerlich nickten.

Während Jasmin, Omar und Steven Kates Haus auf der Suche nach einem Hinweis durchkämmten, versuchte Hauptkommissar Köhler sein Glück bei der Familie Krause.

Übernächtig und völlig mit den Nerven am Ende, saßen sie nebeneinander auf einer teuren Designer-couch und beantworteten nur mühsam die Fragen, die Mike ihnen stellte.

Einerseits verstand er natürlich ihre Situation, andererseits wurde das Zeitfenster immer kleiner, wenn sie dem Entführer nicht schnellstens auf die Spur kamen.

Immerhin war jetzt nicht nur das Leben des Mädchens, sondern auch das von Kate Schulz in Gefahr.

„Woher hatten sie innerhalb der kurzen Zeit fünf-hunderttausend Euro?"

Herr Krause hob den Kopf.

„Wie ich bereits ihrem Kollegen sagte, Herr Hauptkommissar, habe ich Vermögenswerte. Mein Unternehmen läuft sehr gut."

Seine Stimme klang fest, scheinbar bot er alle Beherrschung auf, die er hatte, um stark und souverän zu wirken.

„Erzählen sie keinen Unsinn. Kein Mensch kann so schnell eine solche Summe aufbringen, die hat man nicht in der Kaffeekasse. Also?"

Als Krause nicht antwortete, lehnte sich Mike leicht nach vorn in seine Richtung.

„Es geht hier um das Leben ihres Kindes, Herr Krause. Also zeigen sie sich gefälligst etwas kooperativer."

Aus dem Augenwinkel sah er, wie Frau Krause schluchzend ihre Hand vor der Mund hielt.

Herr Krause atmete tief ein.

„Ich konnte zweihunderttausend Euro aufbringen. Die restlichen dreihunderttausend Euro habe ich mir privat geliehen."

Mikes Augenbrauen schnellten nach oben.

„Wer leiht ihnen diese Summe innerhalb von zwei Tagen?"

Er sah, wie sich sein Gegenüber versuchte aus der Sache irgendwie herauszuwinden.

„Von einem Freund", sagte dieser schließlich.

Mike schüttelte den Kopf.

Irgendetwas war hier faul und zwar mächtig faul.

„Wer ist dieser Freund?"

Herr Krause presste die Lippen so fest zusammen, dass sie nur noch ein schmaler Strich in dem blassen, übermüdeten Gesicht waren.

„Name, bitte."

Mike war nicht gewillt locker zu lassen.

Aber sein Gegenüber schüttelte den Kopf. In diesem Moment legte Frau Krause ihre Hand auf die ihres Mannes.

„Sag es ihm", verlangte sie mit brüchiger Stimme.

Ihr Mann sog tief die Luft ein und presste schließlich den Namen zwischen den Zähnen hervor.

„Bogdan Serwowitsch."

Mike glaubte erst, sich verhört zu haben, aber dann rutschte er in dem Sessel, in dem er saß, ein ganzes Stück nach vorn.

„Serwowitsch? Ist das ihr Ernst?"

Herr Krause seinerseits richtete sich auf.

„Ja, er ist ein guter Freund und hat mir ganz unbüro-kratisch geholfen."

„Wusste er, wozu sie das Geld benötigen?"

Krause schüttelte den Kopf.

„Nein, ich durfte doch niemand involvieren. Und Bogdan, er hätte vielleicht eigene Recherchen ange-stellt. Das konnte ich nicht riskieren."

Mike glaubte ihm. Aber jetzt sah er Krause in einem anderen Licht.

Wenn ein Unternehmer wie er mit Bogdan Serwo-witsch, dem Plauener Bordellkönig, befreundet war, hatte er definitiv Dreck am Stecken.

Das würde natürlich auch die Entführung von Luise erklären.

Aber warum dann Kate?

Was war da aus dem Ruder gelaufen?

In diesem Moment klingelte sein Smartphone.

Er erhob sich, entschuldigte sich kurz und ging in den Flur.

„Was gibt´s, Steven?"

„Nichts, gar nichts, kein Hinweis. Nur die Teetassen stehen auf dem Tisch, aber Omar meint, spurentech-nisch ist das nichts. Sie hat ja das Haus gemeinsam mit den Krauses verlassen, das hat dieser Nachbar gegenüber Steven bestätigt."

Mike seufzte.

„Das wäre auch zu schön gewesen, wenn sie uns irgendeinen Hinweis hinterlassen hätte."

In diesem Moment hatte er eine Idee.

„Bleib mal in der Leitung."

Er ging zurück in das Wohnzimmer, wo die Krauses noch immer unverändert auf der Couch saßen.

„Ich habe noch eine letzte Frage an sie. Als sie mit Frau Schulz das Haus verlassen haben, war da etwas Ungewöhnliches?"

Die beiden sahen sich an und Frau Krause schüttelte den Kopf. Sie schien jetzt etwas gefasster.

„Nein, als der Mann das zweite Mal angerufen hat und Frau Schulz einwilligte, dass sie das Lösegeld überbringt, durfte sie ja das Telefon nicht mehr ausschalten. Also zog sie sich die Jacke über und wir gingen."

Diese Aussage kannte Mike schon von seinen Kollegen, die die Krauses vernommen hatten.

„Sie nahm also ihre Jacke, den Autoschlüssel und verließ mit ihnen das Haus?"

Frau Krause wollte schon nicken, dann stutzte sie.

„Nein, sie ging noch einmal zur Toilette."

Mike sah sie aufmerksam an.

„Nach oben, ins Bad?"

Da er Kates Haus kannte, wusste er um die Räumlichkeiten.

„Nein", sagte Frau Krause spontan.

„Gleich im Hausflur, im Windfang, da ging sie in eine kleine Tür. Ich vermute, dass ist eine Gästetoilette?"

Mike nickte bestätigend.

„Und das Handy?"

„Das hat sie mitgenommen, das hat er ja so verlangt. Sie sagte auch noch zu ihm, das sei ihr jetzt peinlich."

Mike reichte beiden die Hand.

„Wir tun was wir können. Ich melde mich sofort bei ihnen, wenn wir irgendetwas wissen."

Noch im Flur hielt er das Telefon wieder an sein Ohr.

„Sucht in der Gästetoilette."

Als Mike Köhler eine halbe Stunde später am Haus
von Kate Schulz ankam, öffnete ihm Omar die Tür.
„Und?", fragte Mike und der Pathologe nickte.
Dann klopfte dieser Steven auf die Schulter.
„Der Junge ist Gold wert."
Der Computerexperte lächelte bescheiden und hielt
Mike ein Stück Toilettenpapier hin.
„Wir hatten schon alles durchsucht und nichts ge-
funden. Da fiel mir auf, dass das Papier nicht ganz
akkurat auf der Rolle aufgewickelt war."
Mike hatte das Stück Toilettenpapier aufgerollt.
Der Kugelschreiber hatte nicht immer auf dem dün-
nen Papier seine Spur hinterlassen und Kate hatte
sich beeilen müssen, aber es war leserlich.
*Mann, zwischen 40 und 60, ruhige, klare Stimme, kein
Akzent, kein Dialekt, sehr höflich und fokussiert.*
Mike steckte das Papier ein.
„Naja, immerhin ein Anfang."
Jasmin, die bisher im Wohnzimmer gewesen war, trat
auch in den Flur.
„Was können wir tun?"
Mike war erstaunt über den ruhigen, zurückhalten-
den Tonfall. Noch ehe er etwas antworten konnte,
streckte Jasmin ihm die Hand entgegen.
„Ich wollte mich für vorhin entschuldigen."
Er lächelte und ergriff ihre rechte Hand.
„Ich glaube, bei allen liegen die Nerven etwas blank,
Frau Weidner."
Sie nickte.
„Jasmin. Ich denke, das ist schon lange überfällig."

Erstaunt sah er sie an und bemerkte, dass sie seine Hand noch immer fest umschloss.

„Okay, Jasmin, dann wollen wir mal."

Sie nickte und trat einen Schritt zurück.

„Also", sagte Mike und sah die Anwesenden an.

„Ich werde schauen, was die Spurensicherung ergeben hat. Ich komme morgen Vormittag zu euch in Kates Büro. Und haltet bitte bis dahin die Füße still."

Er sah alle drei eindringlich an.

„Okay", sagte Jasmin und nickte.

„Bis morgen Vormittag."

Kapitel 5

Das Kratzen im Hals war beinahe unerträglich, sie musste ständig husten.

Ihr war schlecht, alles drehte sich und sie versuchte, mit ihrer trockenen Zunge über ihre noch trockeneren Lippen zu fahren.

„Möchten sie etwas trinken?"

Eine leise Kinderstimme ließ sie aufschrecken.

„Was?", flüsterte sie, zu mehr war sie nicht in der Lage.

„Ob sie etwas trinken möchten?"

Die Stimme war noch immer nicht mehr als ein leises Rauschen in ihrem Ohr.

Halluzinierte sie?

Nein, sie spürte jetzt etwas an ihrem Mund.

Reflexartig fuhr sie hoch und eine kalte Flüssigkeit tropfte auf ihren Oberkörper. Aber zumindest konnte sie jetzt etwas die Augen öffnen.

Sie sah in das erschreckte Gesicht eines Mädchens, die eine Plastikflasche fest an sich gepresst hielt.

Als Kate sie anstarrte, hielt sie ihr zögernd die Flasche entgegen.

Erst beim dritten Versuch gelang es dieser, die Flasche mit der linken Hand zu ergreifen und langsam an ihre Lippen zu setzen.

Alles drehte sich um sie und ihr war entsetzlich übel. Sorgsam, Schluck für Schluck, ließ sie das kühle Nass in ihren Mund laufen, aus Angst, es sofort wieder zu erbrechen.

Aber das Wasser schien etwas in ihr auszulösen.

Ihre Gedanken wurden klarer.

Der Wald, die Lösegeldübergabe, der höfliche Geiselnehmer und…

„Luise?", fragte sie und sah das Mädchen jetzt eindringlich an.

Diese senkte die Augen und starrte auf den Fußboden.

Kate richtete sich etwas weiter auf.

Warum reagierte das Mädchen so? Traute sie ihr nicht?

Sie sah sich um. Der Raum war nicht sehr groß, aber sauber und gut gelüftet, obwohl sie kein Fenster entdecken konnte.

Sie selbst lag auf einer Art Diwan, über das jemand eine bunte Decke gelegt hatte.

Das Mädchen saß auf dem Fußboden, der mit flauschiger Auslegeware ausgestattet war.

Außer einem Tisch mit zwei leichten Holzstühlen gab es kein weiteres Mobiliar.

Plötzlich merkte Kate, dass ihre rechte Hand und auch ihr Fuß mit einer Kette versehen und an einem massiven Ring an der Wand befestigt war.

Die Handschelle an ihrem Handgelenk war sorgsam abgefüttert, damit sie sich scheinbar keine Verletzungen durch Reibung zufügte.

Sie wandte sich wieder dem Mädchen zu.

„Du bist doch Luise, oder?"

Durch das Wasser war ihre Stimme jetzt wieder etwas kräftiger.

Schließlich hob das Mädchen den Kopf und Kate sah in ein zartes, etwas blasses Gesicht mit großen, braunen Augen.

„Ich heiße jetzt Sandra", flüsterte sie und Kate glaubte fast, sich verhört zu haben.

Ihr benebeltes Gehirn brauchte eine Weile bis sie verstand.

„Der Mann, er möchte, dass du dich Sandra nennst?"

Tausend bizarre Gedanken schossen ihr durch den Kopf, wobei Kinderpornografie ganz weit oben stand.

Luise nickte.

„Ja. Ich glaube, Sandra war seine Tochter."

Der Knoten in Kates Brust löste sich etwas.

Gut, also hatten sie es hier wahrscheinlich nicht mit einem Pädophilen zu tun.

Sie richtete sich weiter auf, zumindest soweit ihre beiden Ketten es zuließen.

„Wie kommst du darauf?"

Luise rückte etwas näher an sie heran.

„Er hat mir gleich gesagt, dass ich Sandra bin und mich so nennen muss. Wenn ich das nicht tue, würde er mich schlagen."

Kate sah, wie sie schluckte.

„Hat er das getan?"

Luise schüttelt den Kopf.

„Nein, ich habe es einfach getan was er verlangt. Ich habe gesagt, ich bin Sandra."

Sie sah Kate an, die ihr lächelnd zunickte.

„Das war klug von dir."

Dafür wurde sie mit einem scheuen Lächeln belohnt.

„Dann habe ich ein Bild in seinem Wohnzimmer gesehen. Es zeigt ihn, mit einer Frau und einem Mädchen. Das muss Sandra sein, sie sieht mir wirklich ähnlich, nur sind ihre Haare länger als meine."

„Und die Frau?", fragte Kate, obwohl sie nicht daran glaubte, dass Luise sich daran erinnern würde.

„Sie ist groß und schlank und hat Haare, so wie sie." Sie deutete auf Kates Haare, die ihr allerdings jetzt in die Augen hingen.

Kate nickte.

„Du bist eine gute Beobachterin, Luise. Aber du kannst mich duzen und Kate zu mir sagen."

Sie reichte ihr die linke, freie Hand und das Mädchen ergriff sie zögernd.

„Danke. Aber ich muss Mutti zu dir sagen", meinte sie schließlich.

Kapitel 6

Als Hauptkommissar Mike Köhler am nächsten Morgen gegen 9.00 Uhr Kates Büro an der Bahnhofstraße betrat, begrüßte ihn Abby nicht wie sonst mit einem fröhlichen „Hallo", oder einem anderen kecken Spruch.

Sie sah nur über den Tresen, murmelte „Morgen" und deutete in Richtung Besprechungsraum.

„Die anderen sind schon drin."

Als Mike eintrat, hatten sich neben Omar und Jasmin auch Steven sowie die beiden Personenschützer Marcus und Holger bereits eingefunden.

Abby war ihm gefolgt und setzte sich neben Jasmin. Diese warf einen kurzen Blick in die Runde, dann nickte sie Mike zu.

„Die anderen sind im Einsatz, wir können also anfangen."

Mike, der neben Omar Platz genommen hatte, räusperte sich kurz, bevor er begann.

„Also, was die Spurensicherung in diesem entsetzlichen Chaos, das das Schneetreiben angerichtet hat, herausfinden konnte, hat uns zu folgendem, möglichen Szenario geführt. Kate wurde von dem Entführer per Handy zu dieser Waldschneise gelotst. Dort blieb sie stehen und er verlangte wahrscheinlich, dass sie ihre Jacke ausziehen sollte. Das macht soweit Sinn, dass er vermutete, sie habe eine Waffe darunter. Die Jacke lag noch im Auto, auf dem Fahrersitz, als wir es fanden. Die Fahrzeugtür war offen, der Autoschlüssel fehlt. Also nehmen wir an, er verlangte, dass sie den Schlüssel ihm, ebenso wie das Lösegeld, übergab. Auf einer Lichtung, ein paar Meter vom Auto und dem Baum, an dem mit Sicherheit das Mädchen gefesselt war, haben sie den Abdruck einer Tasche gefunden. Scheinbar hat Kate sie dort abstellen müssen. Dann ist sie zu dem Mädchen gegangen. Vielleicht hatte sich der Täter mit dem Lösegeld entfernt und sie glaubte, das war es."

Er seufzte kurz und schüttelte den Kopf.

Omar, der glaubte, er wolle Kates Handeln kritisieren, wandte sich an ihn.

„Wenn der Kerl aus ihrem Gesichtsfeld verschwunden war, ist es doch logisch, dass sie sich erst einmal um das Mädchen kümmerte."

Mike hob beiden Hände.

„Ich wollte das hier nicht als Kritik verstanden haben. Wir wissen ja nicht, was genau passiert ist. Was ich hier wiedergebe, ist ein Szenario nach der Spurenlage."

Omar nickte und Mike fuhr fort.

„Also, sie ging zu dem Mädchen und wollte die Handschellen öffnen. Unser Techniker sagte, es ist anzunehmen, dass die Schlüssel dazu an jenem Ast hingen, der auch den Mechanismus auslöste. Sie nahm den Schlüssel, der Pfeil traf und betäubte sie wahrscheinlich innerhalb kürzester Zeit. Was es genau für Betäubungsmittel war, werden wir im Laufe des Tages erfahren."

Jasmin sah Omar an, der sich etwas zurücklehnte.

46

Das tat er unwillkürlich immer, um die Aufmerksamkeitsspanne zu erhöhen.

„Ich habe mir erlaubt, heute Morgen persönlich den Kollegen, Professor Miksch, anzurufen."

Kurze Pause.

Jasmin drehte die Augen nach oben.

„Omar, bitte."

Sie klang gereizt, was in Anbetracht der Situation durchaus verständlich war.

„Es handelt sich um eine Mischung aus Ketamin und Xylazin. Es wird in der Tiermedizin als Narkosemittel angewandt", ergänzte Omar, leicht pikiert.

„Also könnte es ein Tierarzt sein?", warf Marcus ein, aber Omar schüttelte den Kopf.

„Nicht unbedingt. Heutzutage findest du fast jede Gebrauchsanleitung zu allem im Internet. Interessant ist, dass dieser Cocktail sehr gut dosierbar ist. Ich brauche allerdings, wie in der Humanmedizin auch, die genauen Parameter, also Größe und Gewicht, eventuelle Vorerkrankungen, Allergien und so weiter."

Mike nickte.

„Das heißt, er wusste genau wer da kommt. Er kannte Kate, hat sie vielleicht lange im Voraus ausspioniert."

Jasmin schaltete sich ein.

„Kate war weder ein Zufallsopfer, noch haben wir es hier mit einer, aus dem Ruder gelaufenen, Entführung zu tun. Der Täter hat alles sorgfältig geplant."

„Oder die Täter. Warum gehen wir nur von einem

Täter aus?", fragte Holger und sah in die Runde.

„Die Spuren, zumindest vor Ort, lassen den Schluss zu, dass es sich um nur eine Person handelte. Ob noch jemand im Hintergrund agierte, wissen wir nicht."

„Vielleicht war Kate von Anfang an das Opfer und nicht die Kleine? Sie ist also nur Mittel zum Zweck", warf jetzt Marcus ein.

Mike nickte langsam.

„Ja, diese Theorie wird auch von uns derzeit favorisiert."

Holger schüttelte bedächtig den Kopf.

„Aber wenn Luise nur Mittel zum Zweck ist, warum hat er sie dann im Wald nicht zurückgelassen?"

Jasmin und Mike sahen sich betroffen an. Beiden schoss wahrscheinlich gerade der gleiche Gedanke durch den Kopf.

„Weil sie ihn gesehen hat und identifizieren könnte", murmelte sie so leise, dass es die anderen kaum verstehen konnten.

„Hoffentlich liegen wir falsch und haben nicht neben einer Entführung bald noch irgendwo eine Kinderleiche", stöhnte Mike und sah in die betroffenen Gesichter um ihn herum.

Als Omar Amri am Nachmittag zu Schulz Security zurückkehrte, fand er Jasmin in Kates Büro, am Fenster stehend, vor.

Sie starrte hinaus auf die Bahnhofstraße, aber er war überzeugt, dass sie von dem Treiben dort nichts realisierte.

Kates Schreibtisch war unberührt. Es wäre niemand auf die Idee gekommen, sich in ihrer Abwesenheit hier her zu setzen, ganz gleich, wie lange diese dauern sollte.

Omar trat hinter Jasmin und sie lehnte sich etwas gegen ihn.

„Ich mache mir solche Sorgen", flüsterte sie und schüttelte dann etwas den Kopf. „Erst war es meine Freundin Judith und nur dank Kates Beharrlichkeit konnten wir sie befreien und jetzt hat es sie selbst getroffen."

Omar wusste nicht, was er antworten sollte.

Platte Worte des Trostes wollten ihm nicht über die Lippen. Er wusste, wie allergisch Jasmin darauf reagieren würde.

„Wir werden alles tun, was wir tun können", sagte er mit mehr Optimismus, als er in diesem Moment empfand.

Zumindest wurde Jasmin einer Antwort enthoben, denn Abby steckte den Kopf zögernd zur Tür herein.

„Jasmin, bist du zu sprechen?"

Diese wandte sich um. „Ja?"

Abby öffnete die Tür etwas weiter, sodass Jasmin in den Vorraum sehen konnte.

„Herr Serwowitsch möchte dich sprechen."

Jasmin trat hinaus, gefolgt von Omar.

Mit ausgestreckter Hand ging sie auf Bogdan Serwowitsch zu.

„Jasmin Weidner, ich bin die stellvertretende Geschäftsführerin von Schulz Security."

Nur ein kurzes Aufblitzen in seinen Augen verriet, dass er wusste, wen er da vor sich hatte.

Immerhin hatte er damals Kate geholfen, sie zu finden und wusste mit Sicherheit Bescheid über ihren Ruf als ehemalige Domina.

Jasmin deutete auf Omar.

„Mein Lebensgefährte, Professor Amri."

Nachdem die Höflichkeiten ausgetauscht worden waren, bot Jasmin einen Platz sowie Getränke an, bevor Bogdan Serwowitsch sehr schnell zur Sachen kommen wollte.

Man merkte ihm förmlich die Ungeduld an, auch wenn er ein Musterbeispiel an Höflichkeit und Understatement war.

Korrekt gekleidet, keinesfalls protzig, hätte er eher ein Börsenmakler oder Manager sein können, als der Bordellkönig von Plauen.

Er saß mit überschlagenen Beinen in dem schmalen Sessel und trank einen Schluck des stillen Mineralwassers.

Schließlich räusperte er sich vernehmlich.

„Hauptkommissar Köhler hatte mich heute Vormittag auf seine Dienststelle vorladen lassen. Er unterstellte mir, mehr oder weniger direkt, ich sei an der

Entführung von Miss Schulz beteiligt."

Kopfschüttelnd stellte er sein Glas auf den Tisch zurück.

„Und, sind sie es?", fragte Omar und zum ersten Mal überhaupt, nahm Jasmin bei ihm einen latent aggressiven Tonfall wahr.

Bogdan Serwowitschs Augen verengten sich etwas und er maß Omar mit einem intensiven Blick.

Jasmin konnte das Testosteron förmlich riechen, dass plötzlich diesen Raum durchflutete.

„Zwei Alphamännchen, na toll", dachte sie und hob leicht die Hände.

„Bleiben wir sachlich", sagte sie mit einem strengen Blick in Richtung der beiden und lehnte sich dann etwas zurück.

Auch die Männer schienen sich etwas zu entspannen. Dann sah sie Serwowitsch an.

„Warum haben sie der Familie Krause die dreihunderttausend Euro geliehen?", fragte sie direkt.

Diese Information hatte sie von Mike Köhler.

Serwowitsch senkte etwas den Kopf.

„Ich habe das Geld Bernd geliehen, nicht seiner Frau", stellte er klar.

Als niemand etwas sagte, fuhr er fort.

„Als meine Eltern mit mir nach Deutschland kamen, war ich acht Jahre alt. Wir hatten nichts als das, was wir auf dem Leib hatten. Die Deutschen haben uns nicht gerade freundlich aufgenommen. Es gab nur eine Ausnahme, die Familie Krause, Bernds Eltern. Karl-Heinz Krause war selbstständiger Schreinermeister und er stellte meinen Vater an. Er bezahlte ihn gut, gab ihm eine Wohnung in seinem Mietshaus und ich wuchs mit Bernd zusammen auf. Er war ein schlauer, aufgeweckter Bursche. Wir zwei waren bald nahezu unzertrennlich. Wir waren beste Freunde, nein, Brüder. Wir waren Brüder."

„Waren?", fragte Jasmin dazwischen und Serwo-witsch hob den Kopf und sah sie an.

„Als er Katrin kennenlernte, war es mit unserer Freundschaft zwar nicht vorbei, aber wir sahen uns kaum noch. Sie weiß, was ich mache und das hat ihr nicht gefallen."

Er zuckte mit den Schultern.

„Ich nehme ihr das nicht einmal übel. Bernd und ich haben uns ab und an getroffen, aber sie hatten dann ein Kind, Luise. Kurzum, unser Leben war grundver-schieden geworden. Vorgestern kam er dann und bat mich um das Geld."

Omar wollte zu einer Frage ansetzen, spürte aber Jasmins Hand, kräftig drückend, auf seinem Ober-schenkel.

Darum ließ er sich wieder zurücksinken.

„Hat er ihnen gesagt, wozu er das Geld braucht?", fragte Jasmin und Serwowitsch schüttelte den Kopf. Ungläubig sah sie ihn an.

„Er kam so einfach zu ihnen und wollte dreihundert-tausend Euro und die haben sie ihm ratz-fatz gege-ben?"

Die Ironie in ihrer Stimme schien an ihm abzuprallen.

„Ja, Frau Weidner. Bernd Krause ist mein Bruder, das

habe ich versucht ihnen zu erklären. Er würde nicht einfach zu mir kommen und Geld leihen, wenn er nicht einen triftigen Grund dafür hätte. Er hat mir den Grund nicht genannt und ich habe ihn nicht danach gefragt."

Seine Stimme war kühl und bestimmt. Er sah dabei Jasmin fest in die Augen. Diese nickte langsam.

„Gut, ich verstehe."

Er sah, dass sie es ehrlich meinte und lächelte etwas.

„Das haben sie dann Herrn Hauptkommissar Köhler voraus. Er versteht es nämlich nicht."

Er machte eine Geste mit der linken Hand, als wolle er das Thema Polizei wegwischen.

„Ich glaube, Bernd hatte Bedenken, wenn er mir das mit Luises Entführung gesagt hätte, dass ich meine Jungs in die Spur setzen würde. Ich verstehe ihn, er hat panische Angst um sein Kind, es muss furchtbar sein."

Er nahm noch einen Schluck Wasser.

„Aber warum, in Gottes Namen, sollte ich das Kind meines besten Freundes entführen lassen, nur um an Miss Schulz heranzukommen?"

Jasmin war erstaunt, wie schnell Bogdan Serwowitsch die Zusammenhänge durchschaut hatte.

„Ich habe ihnen weder das eine noch das andere unterstellt", sagte Jasmin ruhig und nach einer Weile nickte er.

„Nein, das haben sie nicht. Entschuldigen sie. Ich achte Miss Schulz als Geschäftsfrau, auch wenn wir so unsere Differenzen haben. Aber das ist nicht so bedeutsam für mich, als das ich zu solchen Mitteln greifen würde. Dazu schätze ich sie im Übrigen auch zu sehr als Mensch."

Seine Worte klangen schlicht und ehrlich.

Schließlich ergänzte er.

„Und denken sie bitte nicht, dass einer meiner Mitarbeiter, die eine, nun ja, Auseinandersetzung mit ihr hatten, auf so eine Idee käme. Das würden sie nicht wagen."

Jasmin glaubte ihm jedes Wort.

Es schien ihr nicht geraten, sich mit jemand wie Bogdan Serwowitsch anzulegen. Das hatten sicher auch seine Mitarbeiter verstanden.

Sein gepflegtes Manageräußeres konnte nicht darüber hinwegtäuschen, dass er ein Junge der Straße war, der Revierkämpfe kannte und nicht umsonst zum Bordellkönig von Plauen, mit weitreichenden Beziehungen ins nähere und weitere Umland, aufgestiegen war.

Er atmete tief ein und sah Jasmin eindringlich an.

„Wenn sie irgendeine Form der Hilfe benötigen, bitte ich sie, sich an mich zu wenden. Ganz gleich, zu welcher Tages- oder Nachtzeit."

Dass er Omar in keiner Weise mehr in das Gespräch einbezog, ja, so tat, als sei dieser gar nicht anwesend, war ein Affront und Jasmin merkte, wie sich Omar neben ihr anspannte.

Um eine Eskalation zu vermeiden, erhob sie sich.

Serwowitsch folgte ihrem Beispiel.

Sie reichte ihm die Hand.

„Ich danke Ihnen für ihr Angebot, Herr Serwowitsch und dass sie gekommen sind."

Er senkte leicht den Kopf, bedachte Omar dann mit einem abschätzenden Kopfnicken und verließ den Raum.

„Dieser arrogante…"

Jasmin legte Omar sanft die Hand auf den Mund.

„Lass. Wir sollten jede Hilfe annehmen, die wir bekommen können. Und eines ist wohl klar. Er hat mit Kates Entführung definitiv nichts zu tun."

Kapitel 7

Luise Krause war ein intelligentes Mädchen mit einer ausgezeichneten Beobachtungsgabe.

Das hatte Kate festgestellt, nachdem diese etwas Vertrauen zu ihr gefasst hatte.

Da sie noch immer allein in diesem Raum waren und Kate die Wirkung des Mittels, was sie in ihre Bewusstlosigkeit versetzt hatte, mehr und mehr schwinden spürte, unterhielten sie sich angeregt über alles Mögliche.

Dabei gelang es Kate, an einige Informationen zu kommen, nämlich wo sie sich befanden, sowie zu ihrem Entführer selbst.

Luise beschrieb das Haus als ziemlich klein, in dem sich bisher relativ frei bewegen konnte.

Im Untergeschoss, also über dem Keller, in dem sie sich jetzt befanden, sei ein Wohnzimmer und eine Küche, „alles ziemlich altmodisch", nach Luises Einschätzung.

Im Obergeschoss dann das Bad, das Schlafzimmer und ein Kinderzimmer.

„Alles mit pinkfarbenen Sachen, Barbiepuppen und so etwas, schrecklich, wie für ein kleines Kind", hatte Luise es mit rollenden Augen kommentiert.

Wenn sie aus den Fenstern schaute, sah sie von der einen Seite eine Wiese und den Waldrand, an der anderen Seite eine schmale Straße, die wenig befahren schien und von Weitem ein Haus, das aber sehr alt und unbewohnt aussah.

„Wir sind hier irgendwo in der Pampa", sagte sie lakonisch.

Damit war klar, dass sie sich in einer abgeschiedenen, ländlichen Umgebung befanden.

Luise konnte sogar den näheren Radius einschätzen, denn sie seien mit Kate nur eine kurze Zeit, also so zehn Minuten, gefahren.

Selbst wenn sich Luise zeitlich etwas verschätzt hatte, mussten sie sich immer noch im Umland von Plauen befinden.

Zu dem Mann konnte sie sagen, dass er Konrad hieß und sie ihn Vati nennen sollte.

Scheinbar hatte er Luise nur eingeschüchtert und ihr bei Strafandrohung befohlen, sich Sandra zu nennen.

Aber sonst war er ihr in keiner Weise zu nahegekommen, was Kate in dieser Hinsicht zumindest beruhigte.

Luise erzählte ihr auch von ihrer eigenen Entführung.

Sie war am Nachmittag des besagten Tages von der Musikschule gekommen und wie immer mit ihrem Fahrrad in Richtung Stadtpark gefahren.

Kurz bevor sie zu Hause angekommen war, hatte ein weißer Kastenwagen sie überholt und ein ganzes Stück vor ihr am Bürgersteig angehalten.

Ein Mann war ausgestiegen und hatte freundlich lächelnd die Hand gehoben.

Luise, die sehr vorsichtig mit Fremden war, habe aber kurz gezögert, weil der Mann sie scheinbar kannte.

Er habe: „Hallo, Luise, na, heute schon fertig mit der

Klavierstunde?", gerufen und sei ein wenig näher an sie herangetreten.

Da er ihr aber nicht bekannte vorkam, sei sich zurückgewichen. Dann habe sie einen kurzen Schmerz an ihrem Oberarm gespürt und sei vom Fahrrad gestürzt. Aber sie habe noch gespürt, wie der Mann sie auffing und in das Auto legte.

Schließlich war sie, ohne vorher noch schreien oder rufen zu können, bewusstlos geworden und hier in diesem Keller aufgewacht.

Plötzlich hörte Kate ein Geräusch und spannte sich unwillkürlich an. Die Tür wurde geöffnet und sie sah ihrem Entführer direkt ins Gesicht.

Dieses Mal trug er keine Maske, was sie logischerweise beunruhigte, denn damit drückte er aus, dass er nicht gewillt sein würde, sie je wieder freizulassen. Zumindest hatte sie sein Alter anhand der Stimme gut eingeschätzt.

Er war um die fünfzig Jahre, sehr groß und auch muskulös.

Sein Gesicht war das, was ihr Vater früher als „Allerweltsgesicht" bezeichnet hatte. Ohne jedes Merkmal, eher rundlich, mit hellen, klaren Augen und scharf geschnittenen, hellen Augenbrauen.

Er sah erst auf Luise, die sich in ihre Ecke zurückgezogen hatte.

„Hallo, Sandra. Geh hoch in dein Zimmer, wir Erwachsenen haben zu reden."

Luise warf einen unsicheren Blick auf Kate, die ihr zunickte.

58

„Geh", sagte sie sanft.

Es war besser, weder das Mädchen noch ihren Entführer zu verunsichern.

Schnell lief Luise hinaus.

Als sie die Treppen hinaufgegangen war, zog der Entführer langsam die Tür zu und setzte sich im Abstand zu Kate auf einen Stuhl.

„Wie geht es dir, meine Liebe?", fragte er und lächelte ihr gewinnend zu.

Kate wusste, dass es das Klügste war, dieses Spiel erst einmal mitzuspielen.

„Danke, schon etwas besser", antwortete sie vage.

Er nickte.

„Gut, dann wollen wir einmal ein paar Grundsätze klären. Ich gehe jeden Tag arbeiten, wohin, das musst du nicht wissen. Die Hauptsache ist doch, ich bringe das Geld nach Hause."

Er lachte leise und Kate blieb stumm. Dann fuhr er fort. „Du wirst mit Sandra zu Hause bleiben, dich um den Haushalt kümmern, aber vor allen Dingen musst du sie unterrichten. Einen Computer kannst du nicht nutzen, aber ich habe viele Bücher, sehr viele Bücher."

Er erhob sich und deutete ihr, auch aufzustehen.

Dann nahm er einen Schlüssel und löste ihre Handschellen.

„Als Zeichen meines guten Willens", ergänzte er seine Geste und deutete auf seine Körpermitte.

Kate war aufgefallen, dass er ein locker sitzendes Wams trug, der eher zu einem deutlich älteren Mann gepasst hätte.

Er nahm das graue Stickgewebe und zog es etwas auseinander.

Was Kate jetzt sah, ließ ihr das Blut in den Adern erstarren.

Kapitel 8

Loreen Ross saß wie immer hinter ihrem Tresen und tippte in die Computertastatur, als hinge ihr Leben davon ab. Ihre roten Locken schienen dazu im Takt zu hüpfen.

Als Ben eintrat, hob sie nur kurz den Kopf und deutete mit dem Daumen auf die Tür.

„Der Chief erwartet dich", sagte sie knapp.

Ein deutliches Zeichen, dass Genannter sie mit einer Menge zusätzlicher Arbeit eingedeckt hatte. Normalerweise hielt Loreen gern ein Schwätzchen.

Ben stoppte auch seinen Lauf nicht, sondern trat an die Tür, klopfte und hörte ein markiges „Herein."

Der Chief, Superspecial Agent Wolter Fisher war ein ehemaliger Marine, groß und athletisch gebaut, das Haar so kurz, dass man die Kopfhaut sah.

Er saß hinter seinem Schreibtisch, der zu seiner Statur passte. Man sah ihm auch an seiner Miene an, dass er gern draußen auf der Straße gewesen wäre, ermitteln, so wie früher.

Dass er zu diesem „Schreibtischjob" verdonnert worden war, wie er es selbst bezeichnete, sah er als Strafe dafür, was er jemals an Fehlern in seiner aktiven Dienstzeit begangen hatte. Davon war er zu Einhundertprozent überzeugt.

Als Beförderung hatte er es nie empfunden.

Jetzt hob er den Kopf und sah Special Agent Ben Thomson an.

Diese blieb an der Tür stehen.

„Sir", sagte er knapp und der Chief deutete auf einen Stuhl, direkt vor seinem Schreibtisch.

„Setzen sie sich Thomson. Verfluchte Sache, das mit Katherina."

Dass er Kates Vorname aussprach, zeigte Ben seine Betroffenheit.

Der Chief deutete auf den Bericht, den er zusammengestellt hatte.

„Diese Miss…" Er blinzelte auf das Blatt.

„Miss Weidner", ergänzte Ben.

„Ja, also diese Miss Weidner, halten sie sie für glaubwürdig?"

Ben nickte.

„Ich denke schon. Kate hat einige Male am Telefon von ihr gesprochen. Sie ist ihre stellvertretende Geschäftsführerin und erscheint mir, wenn ich das sagen darf, Sir, recht taff."

Der Chief grinste etwas.

„Nun ja, da verlasse ich mich mal auf sie und ihre Erfahrungen mit dem weiblichen Geschlecht, Thomson."

Dann wurde er wieder ernst.

„Sollte Katherinas Entführung wirklich mit ihrer Tätigkeit bei uns hier zu tun haben, dann ist die Kacke am Dampfen, das sage ich ihnen. Wir müssen es herausfinden, und zwar möglichst erst einmal, ohne die deutschen Behörden zu involvieren."

Ben, der ahnte, was der Chief ihm damit sagen wollte, nickte zögerlich.

Superspecial Agent Wolter Fisher erhob sich und Ben sprang ebenfalls auf.

„Thomson, ich will das sie unter Radar fliegen, haben sie verstanden? Erst einmal keinen Staub aufwirbeln und schauen, wieviel und was die da drüben wissen. Ich halte hier inzwischen den Deckel zu. Sie haben von mir Rückendeckung, alle Informationen direkt an mich."

Ben nickte.

Der Chief reichte ihm die Hand und drückte sie fest.

„Bringen sie unser Mädel heim, Ben. Ich verlasse mich auf sie."

Kate saß mit Luise in dem Wohnzimmer, dass das Mädchen als „ziemlich altmodisch" beschrieben hatte. So war es auch, eine Schrankwand aus den siebziger Jahren, dazu passend, ein Esstisch mit vier Stühlen, ein goldfarbenes Klappcouch mit einem Couchtisch und Lampen im Pseudo-Tiffany-Stil.

Allerdings war alles sehr gepflegt und sauber.

Während Luise einen Text ins Englische übersetzte, hatte Kate Zeit, ihre Gedanken zu ordnen.

Heute war es fast eine Woche, dass man sie entführt hatte und seltsamerweise hatte sich eine gewisse Routine eingestellt.

Ihr Entführer, der sich Konrad nannte und sie war überzeugt, dass dies sein wirklicher Name war, hatte ihr vor einer Woche den Sprengstoffgürtel gezeigt, den er immer um die Taille trug.

Zumindest hier im Haus, verborgen unter locker sitzenden Hemden oder einem Wams.

Kate glaubte, er wollte Luise keine Angst damit machen und ihn deshalb nicht offen zeigen.

Dass der Gürtel echt sein konnte, hatte sie auf den ersten Blick stark vermutet.

Danach hatte ihr Konrad ruhig und bestimmt, wie es seine Art zu sein schien, gezeigt, dass er in ähnlicher Weise das gesamte Haus gesichert, sprich vermint, hatte.

Die Fenster gingen nicht zu öffnen, ein Versuch würde eine Explosion auslösen, das gleiche mit den Türen nach draußen.

Es gab keinen Fernseher und keinen Computer, ebenso kein Telefon.

Sie hatten lediglich ein kleines Radio mit einem fest eingestellten Kultursender, sowie eine erstaunlich gut bestückte Bibliothek zur Verfügung.

Kate musste mit Konrad im Schlafzimmer schlafen, das direkt neben dem Kinderzimmer lag, das jetzt Luise gehörte.

Kates Befürchtungen, Konrad könne sich ihr in irgendeiner Weise sexuell nähern, hatten sich glücklicherweise nicht bestätigt.

Nachdem sie in ein einfaches Baumwollnachthemd geschlüpft war, musste sie sich, pünktlich 22.00 Uhr, in die linke Seite des Ehebettes legen, wo ihr Konrad die rechte Hand sowie den rechten Fuß am Bettgestell befestigte.

Sie hatte dadurch noch genügend Bewegungsspielraum, um sich im Bett minimal drehen zu können, aber sie konnte sich nicht so auf ihn zubewegen, um ihn vielleicht im Schlaf zu überwältigen.

Danach legte auch er sich zu Bett und löschte das Licht.

Ebenso pünktlich, was Kate als ein gewisses pedantisches Festhalten an Ritualen deutete, weckte er sie gegen 6.30 Uhr und löste ihre Fesseln, um sie ins Bad zu führen.

Auch das Bad hatte den Charme der späten siebziger Jahre, mit grünweisen Fliesen und einer ebenso alten Badewanne. Auffällig war, dass es im gesamten Badezimmer keine Steckdose oder einen sonstigen

65

Stromanschluss gab.

Die Lampe musste von außen an -und abgeschaltet werden.

Selbstverständlich gab es weder Fön noch sonstige spitze Gegenstände, die sich als Waffe geeignet hätten.

Diese Tatsache, sowie die gesamte Präparation des Hauses, hatten Kate sehr schnell klar gemacht, dass diese beiden Entführungen von langer Hand und akribig vorbereitet worden waren.

Sie war auch überzeugt davon, dass Konrad als Einzeltäter agierte.

„Ist das richtig?", unterbrach Luise ihre Gedanken und Kate nahm das Blatt entgegen.

Nach einer Weile nickte sie.

„Gut, keinen Fehler heute, du wirst ja immer besser." Luise lächelte.

Kate musste, auf Konrads Anweisung hin, Luise unterrichten, was sie auch tat.

Nach dem gemeinsamen Frühstück verließ er das Haus und kam erst 16.00 Uhr zurück.

Er hatte also eine geregelte Arbeit, die er, trotz der fünfhunderttausend Euro, die sich ja in seinem Besitz befanden, nicht aufgegeben hatte.

Das passte zu ihm und seiner geradezu zwanghaften Persönlichkeit, wie Kate feststellte.

Auch der Nachmittag und der Abend mussten immer die gleiche Struktur haben.

Luise hatte von ihren Lernerfolgen zu berichten, dann spielte sie eine Stunde Klavier, was sie auch gern tat und das gab Kate jedes Mal Gelegenheit, ihren Entführer genau zu beobachten.

Sie sah, wie er das Mädchen mit dem Stolz eines Vaters betrachtete, was ihr einerseits Angst einflößte, andererseits auch mit etwas wie Bedauern erfüllte.

Unter welchen dramatischen Umständen hatte er sein Kind und seine Frau verloren, deren Bilder überall im Haus präsent waren?

Es waren die Bilder einer glücklichen Familie.

Trotzdem war Kate fest davon überzeugt, dass er, sollte er sich in die Enge getrieben fühlen, den Sprengstoffgürtel oder irgendeine andere Mine, zünden würde und das machte ihn unberechenbar und gefährlich.

Als sie die Haustür hörte, spannte sie sich unwillkürlich an.

Konrad betrat das Wohnzimmer, küsste sie auf die Wange und strich dann Luise über das Haar. Das tat er jeden Tag.

Er legte einen Plastebeutel auf den Tisch und sah das Mädchen auffordernd an.

„Pack aus", forderte er sie auf und Luise zog einen großen Karton heraus.

Zehn Familienspiele-von Mensch-ärgere-dich nicht bis Mühle stand darauf.

Luise schob den Karton mit einem Schnauben zur Seite.

„Ich dachte, wir spielen am Wochenende?", sagte Konrad, scheinbar etwas irritiert von der Reaktion des Mädchens.

Luise schüttelte den Kopf.

„Ich will solches Zeug nicht spielen, das ist ja Kinderkram. Ich habe zu Hause richtig gute Computerspiele, die machen Spaß. Meist spiele ich sie allein, aber manchmal spielt die mein Papa mit mir, er ist echt gut darin."

Konrads Miene veränderte sich, von verstört zu zornig. „Sandra."

Luise stampfte so heftig mit dem Fuß auf, dass das Glas in der Schrankwand klirrte.

„Ich bin Luise und ich will zu meinen Eltern, lass mich gehen, ich mache dieses Theater hier nicht mehr mit", schrie sie und rannte in Richtung Ausgang.

Konrad packte sie am Arm und riss sie zurück.

„Du bleibst hier und bist sofort still", fuhr er sie an, aber Luise trat nach ihm und biss ihn in die Hand.

Er ließ sie los und Kate sah, wie reflexartig seine Hand an den Gürtel fuhr.

Derweil hatte Luise fast die Haustür erreicht.

Mit einem Satz war Kate bei ihr, packte sie um die Taille und stieß sie zurück ins Wohnzimmer.

Das Mädchen stolperte, fiel auf den Teppich, sprang aber sofort wieder auf.

Kate sah, dass Konrad noch immer mit der Hand am Gürtel dastand und scheinbar mit der Situation völlig überfordert war.

Luise kreischte: „Lass mich, lass mich in Ruhe", und versuchte auch Kate zu beißen, was ihr jedoch nicht gelang.

Kate wusste nur eines, sie musste die Situation in den

Griff bekommen, ehe Konrad überreagierte.

Sie packte Luise an beiden Schultern und schüttelte sie so fest sie konnte.

„Sandra, hör auf", herrschte sie das Mädchen an und als diese wieder ihre Stimme erhob, um ihr wohl entgegenzuschreien, dass sie Luise heißt, löste Kate die rechte Hand von deren Schulter und verabreichte ihr eine so schallende Ohrfeige, dass das Mädchen sofort schwieg.

Dann bracht Luise in Tränen aus und Konrad starrte Kate sprachlos an.

Aber er hatte seine Hand vom Gürtel gelöst.

Kapitel 9

„Wir sind gleich da", sagte Jasmin und deutete auf das Schild, dass die Autobahnausfahrt Plauen-Ost auswies.

Ben Thomson nickte nur, zum Sprechen fehlte ihm wirklich die Kraft.

Jasmin hatte ihn am Flughafen München in Empfang genommen und er, der noch nie in Deutschland gewesen war und außer Kate auch keine Deutschen kannte, war angenehm überrascht von ihren hervorragenden Englischkenntnissen und ihrer Fähigkeit, alle bisherigen Erkenntnisse zu Kates Entführung, kurz und prägnant zu schildern.

Außerdem war sie eine wirklich gutaussehende Frau, aber seine Faszination hielt genauso lange an, bis sie den SUV auf die Autobahn gesteuert hatte.

Natürlich hatte er von deutschen Autobahnen gehört und das es auf gewissen Strecken keine Geschwindigkeitsbegrenzungen gab, aber was er dann erlebte, ließ ihm das Blut in den Adern gefrieren.

Ohne ihre Erzählungen zu unterbrechen, raste Jasmin los, mit teilweise halsbrecherischen Überholmanövern, sodass Ben immer wieder die Finger in das Polster krallte.

Diese Frau schien in Punkto Geschwindigkeit keine Angst zu kennen.

Er spürte, wie Schweiß zwischen seinen Schulterblättern nach unten floss, als sie endlich von der Autobahn abfuhren und sich, zumindest etwas langsamer,

Richtung Stadt bewegten.

„In welchem Hotel werde ich wohnen?", fragte er, nachdem sie an einer Ampel stoppen musste.

„In gar keinem. Du hast doch gesagt, du willst hier unter dem Radar fliegen. Also dachte ich, du wohnst bei Omar und mir. Keine Angst, die Wohnung ist groß genug, es gibt ein Gästezimmer mit eigenem Bad, das geht sicher ein paar Tage."

Ben fand diese Lösung als die Vernünftigste.

Jasmin sah zu ihm hinüber.

„Willst du dich erst etwas frisch machen oder fahren wir gleich ins Büro?"

Er schüttelte den Kopf.

„Gleich ins Büro, ich habe in der Maschine geschlafen und mich auf dem Flughafen frisch gemacht. Ich denke, wir haben keine Zeit zu verlieren."

Jasmin nickte zustimmend und setze den Blinker.

Konrad starrte Kate noch immer an, nachdem Luise nach oben in das Kinderzimmer gestürmt war.

„Du warst sehr streng zu ihr", sagte er leise.

Dann schüttelte er den Kopf und setzte sich an den Tisch.

„Ich verstehe das nicht. Sandra ist immer so ein liebes Mädchen gewesen, was ist nur los mit ihr?"

Kate registrierte, dass er wieder völlig in dieser, seiner Welt, abgetaucht war.

Sie atmete tief ein und setzte sich ihm gegenüber.

„Sie kommt langsam in ein schwieriges Alter, Konrad. Mädchen verändern sich."

Er sah verwirrt auf.

„Dann wird sie nicht mehr mein liebes, kleines Mädchen sein?"

Kate zuckte zusammen. Das Gespräch nahm eine Wendung, die sie nicht bezweckt hatte.

Schnell schüttelte sie den Kopf.

„Nein, nein, das habe ich nicht gemeint. Sie wird immer dein Mädchen bleiben und dich auch lieben. Aber es gibt eben Zeiten im Leben eines Mädchens…"

Er hob die Hand, um sie zu unterbrechen. Aber er wirkte jetzt entspannter.

„Ich verstehe und ich weiß auch, du als Frau und Mutter verstehst mehr davon, wie ich als Mann und ihr Vater. Aber du solltest vielleicht nach ihr schauen?"

Erleichtert erhob sich Kate.

„Das ist eine sehr gute Idee."

Sie beugte sich zu ihm hinüber und berührte sanft seine Hand.

Dann ging sie nach oben.

Dort lehnte sie sich erst einmal an die Wand und atmete tief durch.

Sie sah auf das Bild von Elke, seiner Frau, die lachend knöcheltief im Sand stand, wahrscheinlich während eines Urlaubes an der Ostsee.

„Was ist mit euch passiert?", flüsterte sie leise, aber dann atmete sie tief durch.

Sie musste erst einmal mit Luise sprechen.

Vorsichtig klopfte sie an die Tür des Kinderzimmers, erhielt aber keine Antwort. Sie versuchte es noch einmal, wieder ohne Reaktion.

Schließlich öffnete sie langsam die Tür.

Luise hatte Recht, dieses Kinderzimmer war ein Alptraum, vom Teppichboden bis zu den Gardinen, den Wänden, dem Bett, alles in pink.

Und überall standen und lagen Barbiepuppen und Spielsachen, die eine Barbiebezug hatten, umher.

Kate trat näher und sah, dass Luise auf dem pinkfarbenen Schreibtischstuhl saß und aus dem Fenster sah.

Ihre Schultern zuckten vom unterdrückten Weinen.

„Luise?"

Keine Antwort.

Kate trat näher und setze sich auf einen kleinen Hocker, direkt neben dem Schreibtisch.

Das Mädchen hatte ihr Gesicht abgewandt.

Kate holte tief Luft.

„Luise, ich wollte es dir nicht sagen, weil ich Angst

hatte, du würdest es nicht verstehen. Aber jetzt glaube ich, ich habe mich geirrt. Du bist ein kluges Mädchen und du wirst es verstehen."

Langsam wandte sich das Mädchen um.

Ihr Gesicht war von Tränen verschmiert, die Wange, die Kates Schlag getroffen hatte, gerötet.

Diese wollte Luise am liebsten in den Arm nehmen, ließ es aber.

Stattdessen lehnte sie sich etwas näher an den Schreibtisch.

„Konrad hat alle Türen und Fenster mit Sprengfallen versehen. Das bedeutet, wenn du oder ich die Tür oder ein Fenster öffnen, gibt es eine Explosion."

Von dem Sprenggürtel sagte sie nichts, das würde das Mädchen sicher zu sehr verängstigen.

Luise sah sie zweifelnd an.

„Wirklich?", fragte sie, mit noch vom Weinen rauer Stimme.

Kate nickte.

„Ja, darum musste ich verhindern, dass du zur Tür rennst. Ich hätte dich nicht schlagen dürfen, entschuldige."

Luise schwieg und musterte Kate eine Weile.

„Und ich hätte dich nicht treten dürfen, entschuldige auch", sagte sie schließlich und hielt ihr die Hand hin.

Kate ergriff sie.

„Ich bin froh, dass wir uns wieder vertragen", sagte sie und Luise lächelte etwas.

„Hm", sagte diese nur.

Eine Weile war es ruhig in dem Raum.

Dann erhob sich Kate, trat an die Tür und sah hinaus. Konrad war wahrscheinlich noch unten im Wohnzimmer. Also schloss sie die Tür wieder und trat zurück an den Schreibtisch.

Luise hatte sie schweigend beobachtet.

Kate beugte sich zu ihr hinunter.

„Pass auf, wir müssen beide so tun, als spielen wir Konrads Spiel mit. Traust du dir das zu?", raunte sie dem Mädchen mit einem verschwörerischen Tonfall zu.

Spontan nickte Luise.

„Klar", sagte sie.

„Gut, dann pass auf. Wir gehen jetzt runter und du sagst, es tut dir leid. Dann spielen wir einfach diese langweiligen Spiele mit, die ihm so viel bedeuten."

Sie streckte Luise die Hand entgegen, die diese zögernd ergriff.

„Kate?"

„Ja."

Luise stieß hörbar die Luft aus.

„Bringst du mich wieder zu meinen Eltern zurück?"

Kate schloss für einen Augenblick die Augen, dann sah sie Luise an.

„Das werde ich, aber du musst von jetzt an tun, was ich dir sage, das ist wichtig."

Das Mädchen nickte.

„Aber du bringst mich nach Hause, versprochen?"

Sie hielt Kate die Hand hin, die diese ohne Zögern

ergriff.

„Ich verspreche es dir."

Als Ben in Kates Detektei trat, dicht gefolgt von Jasmin, stand Abby vor ihm und reichte ihm die Hand.

„Hallo, du bist sicher Kates Partner vom FBI? Ich bin Annalena, aber alle nennen mich Abby."

Ben war fasziniert, dass auch sie ein fast akzentfreies Englisch sprach und sah die lächelnd an.

„Ich hätte nicht gedacht, Abby Sciuto ausgerechnet hier zu treffen", sagte er und schüttelte ihre Hand.

Jasmin winkte ihn gleich durch ins Beratungszimmer, wo schon Steven Platz genommen hatte.

Sie stellte ihm Ben vor.

„So, die anderen sind noch im Einsatz. Sie recherchieren einige Dinge. Alles andere haben wir erst einmal abgesagt, Kate hat absolute Priorität."

Noch ehe Ben etwas antworten konnte, trat ein großer, kräftiger Mann ein und steuerte mit ausgestrecktem Arm auf ihn zu.

„Hallo, Ben", sagte er mit einer Selbstverständlichkeit, als würde er ihn schon Jahre kennen. Dann umarmte er Jasmin und küsste sie.

„Mein Freund, Doktor Omar Amri."

Ben kannte den Namen von Kates Erzählungen und wusste, dass er der Pathologe war, von dem sie gesprochen hatte.

Abby hatte inzwischen Kaffee hereingebracht und setzte sich neben Steven.

Ben gefiel diese lockere Atmosphäre, die er den Deutschen gar nicht zugetraut hätte. Scheinbar musste er doch einige Ansichten revidieren.

Jasmin hatte sich ihm gegenübergesetzt.

„Hauptkommissar Mike Köhler kommt in ein paar Minuten. Er weiß nichts davon, dass du da bist. Es ist also faktisch eine Überraschung für ihn. Er leitet die Sonderkommission."

Ben sah sie etwas verwirrt an.

„Und er arbeitet mit euch zusammen?", fragte er erstaunt.

Dieses Mal übernahm Omar die Antwort.

„Ihm blieb keine andere Wahl. Du hättest Jasmin erleben sollen, als er es ablehnen wollte."

Er hob beide Hände theatralisch Richtung Decke.

Jasmin schüttelte den Kopf.

„Unsinn. Gut, ich war ziemlich sauer, aber er hat schnell verstanden, dass wir auf Ressourcen zurück-greifen können, die er nicht hat."

Sie deutete auf Steven, der wie immer vor seinem Laptop hockte und schweigend irgendetwas recher-chierte.

Ben nickte verstehend.

„Das ist der ganze Grund?", fragte er mit einem ge-wissen Restmisstrauen.

Jasmins leichtes Lächeln bestätigte seinen Verdacht. Dieser Hauptkommissar und Kate, da war scheinbar mehr im Spiel.

Abby sprang auf, als sie ein Geräusch draußen hörte. Dann kam sie mit einem großen, dunkelhaarigen Mann zurück. Dieser grüßte in die Runde, bis sein Blick bei Ben hängen blieb.

Der erhob sich und streckte dem Neuankömmling die Hand entgegen.

Jasmin übernahm die Vorstellung.

„Special Agent Ben Thomson vom FBI Atlanta", sagte sie, an Mike gewandt, auf Deutsch.

Völlig perplex ergriff dieser die ihm entgegengestreckte Hand und stellte sich selbst vor.

Dann sah er Jasmin an.

„Und was soll das jetzt?", fragte er, sich dessen bewusst, dass der FBI Agent ihn nicht verstand.

Sie warf Omar einen Blick zu, der sofort mit einem leichten Nicken reagierte.

Er würde Ben übersetzten, wenn es ratsam schien.

Dann wandte sie sich wieder Mike zu.

„Ist euch nie die Idee gekommen, dass Kates Entführung mit ihrer Tätigkeit beim FBI zu tun haben könnte?"

Dieser setzte sich neben Abby, die ihm wortlos eine Tasse Kaffee hinschob.

Als er schwieg, schüttelte Jasmin den Kopf.

„Natürlich ist euch die Idee nicht gekommen."

Mike schlug mit der flachen Hand so kräftig auf den Tisch, dass Abby zusammenschrak und Steven leicht desorientiert den Kopf hob

„Hältst du uns für komplette Idioten?", sagte er in einem schärferen Ton, als er eigentlich geplant hatte.

„Aber wir suchen, außer Kate, auch noch ein zehnjähriges Mädchen, solltest du das vergessen haben."

Jasmin fuhr sich mit der Hand über ihr Gesicht.

„Entschuldige", sagte sie leise und Mike nickte.

„Schon gut. Ich glaube, unser aller Nerven liegen blank."

Ben, dem Omar das Wichtigste übersetzt hatte, wandte sich an Mike.

„Ich habe alle Fälle umgehend prüfen lassen, bei denen Kate in irgendeiner Form Kontakt mit Leuten hatte, die sich vielleicht auf diese Art rächen könnten. Negativ. Diejenigen, die in die engere Wahl gekommen sind, haben wir nochmals intensiver überprüft. Sie haben Alibis und keine Kontakte nach Deutschland."

Mike hatte Ben verstanden, soweit reichte sein Englisch.

Er nickte.

„Das hilft uns schon etwas weiter", sagte er, verkniff sich aber die Bemerkung, dass Ben die Reise nicht für diese Information hätte auf sich nehmen müssen.

Dieser erfasste das sofort und grinste etwas.

„Aber deshalb bin ich nicht hier. Kate ist immer noch offiziell Angehörige des FBI, auch wenn sie beurlaubt ist. Mein Chief möchte, dass ich alles tue, um sie wieder heil in Staaten zu bringen."

Mike schüttelte den Kopf.

„Amerika holt seine Soldaten immer wieder nach Hause, ganz gleich wie und wann. Das ist doch dieser glorreiche Satz, den ihr so gern zitiert?", sagte er.

Omar funkelte ihn an.

„Also das übersetzte ich jetzt nicht."

Mike winkte ab.

„Dann aber bitte das. Gibt es ein offizielles Ersuchen des FBI mit unseren Behörden?"

Jasmin sprang auf, noch ehe Omar etwas sagen konnte.

Sie stellte sich neben Mike.

„Kate ist seit über einer Woche verschwunden. Ebenso Luise. Und du fängst hier an mit Kompetenzgerangel? Aber wenn es dich beruhigt, Ben wird uns hier unterstützen, ganz inoffiziell."

Dieser hatte auch ohne Übersetzung registriert, worum es in dem Streit ging.

Er sah Mike intensiv an, bis dieser zustimmend nickte.

„Also gut. Mein Name ist Hase."

Luise hielt sich an ihr Versprechen, was Kate ungeheuer erleichterte.

Würde das Mädchen nicht so überlegt reagieren,
wäre nicht auszuschließen, dass Konrad zu einer
Kurzschlussreaktion neigen könnte.

Sie hatten diesen ersten Samstag bisher recht gut
überstanden.

Nachdem Luise sich entschuldigt und sich bereit
erklärt hatte, die Spiele mitzuspielen, war Konrad
sichtlich erleichtert.

Luise war sogar mit Feuereifer bei der Sache gewesen
und Kate hatte sie einige Male gewinnen lassen.

Obwohl sie sich sicher war, dass Luise das durchschaut hatte, zeigte sie doch ihre Freude daran.

Heute, am Sonntag, durfte sie ausschlafen und Kate
bereitete mit Konrad allein das Frühstück in der Küche vor.

Er wirkte etwas müde, fast benommen.

Trotzdem hatte er Kates Fußfessel mit dem Tischbein
verbunden, sodass sie auch hier, wo er jetzt Messer
zum Brot schneiden einem gesicherten Schrank entnommen hatte, keine Chance hatte zu agieren.

Sie deckte den Tisch, soweit war ihr Bewegungsraum
uneingeschränkt.

Aus dem Augenwinkel bemerkte sie, dass Konrad in
die Tasche seiner Weste griff und etwas in den Mund
steckte.

Dann nahm er ein Glas Wasser und trank.

Er nahm also Medikamente ein. Als er zu ihr sah, tat
sie, als habe sie nichts bemerkt.

Mit einem leichten Seufzen setzte er sich.

„Ich bin so froh, dass ihr wieder da seid", sagte er plötzlich und sah sie mit einem verträumten Lächeln an.

Er war wieder in seiner Welt verschwunden.

„Ja, das ist schön", sagte Kate leise und in der Hoffnung, er würde etwas mehr erzählen.

Langsam nickte er.

„Ich dachte nach dem Unfall, ich sehe euch nie wieder."

Kate spürte ein Kribbeln an ihrer Wirbelsäule. Jetzt nur keine unbedachten Äußerungen.

„Aber jetzt sind wir wieder da", sagte sie, noch immer sehr leise, wie wenn man zu jemand spricht, der schläft und langsam aufwachen soll.

Er griff über den Tisch und legte seine Hand auf die ihre.

„Das ist schön", wiederholte er ihre Worte.

„Ich kann mich an nichts mehr erinnern, ich meine an den Unfall", wagte Kate sich vor.

Er sah sie eindringlich an.

„Das ist doch kein Wunder, so schwer wie du und Sandra verletzt waren."

Dann schwieg er wieder und schloss kurz die Augen.

Kate duldete seine Hand auf der ihren.

Sie spürte, wie kalt seine Hand war, scheinbar litt er schon den ganzen Morgen unter einer Kreislaufdysregulation. Das würde auch seinen, fast tranceähnlichen, Zustand erklären.

„Was ist passiert?"

Kate musste diese Frage stellen, vielleicht hatte sie heute die einzige Möglichkeit, die Wahrheit über Elke und Sandra zu erfahren.

„Es war glatt an dem Tag und wir holten Sandra von der Klavierstunde ab. Du hast gesagt, wir gehen noch einkaufen, also waren wir noch in der Stadt. Sandra wollte unbedingt zu MacDonalds, aber du hast gesagt –Nein-, also sind wir nach Hause gefahren. Sandra war traurig."

Er schwieg wieder.

Es vergingen fünf Minuten und Kate glaubte schon, er sei eingeschlafen, als er den Kopf hob.

„Wären wir doch zu MacDonalds gegangen. Warum nur bist du so streng?"

Sie zuckte die Schultern, was sollte sie auch sagen? Langsam und schwerfällig stand Konrad auf.

„Ich lege mich etwas hin, meine Liebe. Frühstückst du mit Sandra allein?", fragte er plötzlich mit deutlich klarerer Stimme.

„Natürlich", sagte auch sie, jetzt lauter als bisher. Warum noch flüstern? Sie würde heute nichts mehr erfahren.

Er schloss die Messer weg, stellte den Herd ab, sicherte ihn und löste ihre Fußfessel.

Ganz gleich, wie schlecht es ihm ging, er vergaß nie die Sicherheitsvorkehrungen.

Mit schleppenden Schritten ging er nach oben.

Sie hörte, wie er Luise weckte und ins Bad schickte.

Dann schloss sich die Schlafzimmertür hinter ihm.

Kate schenkte für Luise den Kakao ein und setzte sich wieder an den Küchentisch. Zumindest hatte sie heute zwei Dinge erfahren.

Zum einen, Konrad musste Medikamente einnehmen, also war seine Störung irgendjemand bekannt.

Zum anderen, seine Frau und seine Tochter waren durch einen Unfall ums Leben gekommen, also gab es irgendwo darüber eine Akte.

Kate war es trotz allem ein Rätsel, wie Konrad zwischen den beiden Polen seiner Krankheit hin-und her lancierte.

Einerseits glaubte er fest daran, dass Kate und Luise seine Familie waren, andererseits trug er einen Sprengstoffgürtel, hatte das gesamte Umfeld vermint und kettete sie selbst fest.

Kate wünschte sich den kompetenten Rat eines Psychiaters, denn sie hatte noch nie solche Probleme gehabt, einen Täter und die Gefahr, die von ihm ausging, einzuschätzen.

Aber sie musste wohl erst einmal selbst damit klar kommen und das tun, was sie instinktiv für das Richtige hielt.

Trotzdem war Konrads psychische Krankheit ihre Chance, vielleicht die Einzige.

Nämlich, dass jemand diese Zusammenhänge, seine Krankheit, der Unfalltod seiner Familie, entdeckte. Entweder die Polizei oder ihr Team.

Plötzlich hörte sie Luise die Treppe herunterkommen. Das Mädchen war komplett angezogen und gekämmt, denn Konrad duldete auch am Wochenende kein Frühstück im Bademantel.

Da sie gesehen hatte, das er oben geblieben war, lächelte sie Kate zu, ohne das von ihm geforderte Begrüßungsritual, das darin bestand, ihre *Eltern* auf die Wange zu küssen und artig: „Guten Morgen, Mutti, guten Morgen, Vati" zu sagen.

Nach ihrer Aussprache hatte sich Luise bisher genau an die Spielregeln gehalten, was Kate in dieser Situation für ein zehnjähriges Mädchen ungeheuer beeindruckend fand.

Sie stellte Luise den Kakao hin und legte ihr das, von Konrad aufgeschnittene und bereits belegte Brötchen auf einen Teller, sowie einen Jogurt dazu.

Luise drehte etwas die Augen nach oben, biss aber von dem Brötchen ab.

„Ich glaube, ich werde Frischkäsebrötchen nie mehr sehen können", sagte sie und Kate lachte.

„Nicht nur du."

Sie setzte sich Luise gegenüber und nippte von ihrem Kaffee. Diese sah sie an.

„Was hat Konrad denn?"

Kate zuckte leicht die Schultern.

„Ihm ist es wohl nicht gut. Er hat wieder von seiner Frau und seiner Tochter erzählt."

Luise stellte den Kakaotopf ab.

„Und, was ist mit ihnen?"

Kate wusste nicht, ob sie Luise mit diesen Gesprächen überforderte.

Es war schlimm, dass sie keinen anderen Kommunikationspartner hatte und auch nicht wusste, was sie einer Zehnjährigen zumuten konnte oder was nicht. Sie hatte noch nie mit Kindern gearbeitet.

Waren diese bei irgendeinem Einsatz involviert, wurden sie sofort von Kinderpsychologen betreut, die genau vorgaben, welche Fragen gestellt werden durften und welche nicht.

Bis auf den einen Aussetzer, als Kate Luise schließlich eine Ohrfeige geben musste, erschien ihr das Mädchen ungewöhnlich reif.

Sie entschloss sich, ihr weitgehend, bis auf die Tatsache, dass Konrad einen Sprengstoffgürtel trug, die Wahrheit zu sagen.

„Sie sind bei einem Autounfall ums Leben gekommen. Konrad hat als Einziger überlebt und glaubt jetzt, wir sind seine Familie und hätten es auch überlebt."

Luise schob das angebissene Brötchen zur Seite.

Erst schwieg sie eine Weile, dann sagte sie: „Das ist traurig, für ihn, meine ich. Aber wir können doch nichts dafür. Er hat kein Recht, uns hier festzuhalten."

Sie schaute auf die Tür.

„Glaubst du wirklich, wir fliegen in die Luft wenn wir sie aufmachen?", fragte sie und sah Kate an.

Diese nickte. Luise runzelte die Stirn.

„Und woher willst du das wissen?"

Kate seufzte. Das Mädchen war wirklich hartnäckig.

„Also gut, ich bin zwar Detektivin, wie ich dir gesagt habe, aber ich war zuvor beim FBI in den USA, das ist…"

Luise sah sie skeptisch an.

„Ich weiß, was das FBI ist. Und du warst dort, wirklich?"

Kate nickte.

„Ja", sagte sie schlicht.

Luise grinste plötzlich. „Cool."

Das war erst einmal ihr ganzer Kommentar. Dann stand sie auf, stellte den Kakaotopf in die Spüle und lehnte sich an den Schrank.

„Dann hast du doch bestimmt einen Plan, wie wir hier rauskommen? Das kann doch nicht so schwer sein."

Auffordernd sah sie Kate an. Diese erhob sich ebenfalls und stellte sich neben Luise.

„Wenn es einfach wäre, dann wären wir schon raus. Ist es aber nicht."

Luise sah nach oben, in Richtung der Schlafzimmer.

„Gut, wenn die Fenster und die Türen Sprengfallen haben, dann überfallen wir jetzt Konrad, wenn er schläft. Wir fesseln ihn und ich klettere zum Schornstein raus und rufe so lange um Hilfe, bis uns jemand hört."

Mit einem triumphierenden Lächeln sah sie Kate an.

„Eiskalt erwischt", dachte diese und senkte den Blick.

Luise trat etwas näher an sie heran.

„Findest du meinen Plan nicht gut? Konrad hat doch keine Pistole oder so?"

Kate starrte eine Weile vor sich hin, dann gab sie sich einen Ruck.

„Nein, das hat er nicht und ja, dein Plan ist gut, aber

leider nicht durchführbar."

„Und warum nicht? Hast du Angst? Dann bist du gar keine FBI Agentin."

Luise war scheinbar nicht gewillt, locker zu lassen. Natürlich musste es in ihren Augen so aussehen, als sei Kate feige.

Sie hätte sich jetzt hinter der Autorität als Erwachsene verstecken können, aber das schien ihr nicht nur unfair dem Mädchen gegenüber, sondern auch unklug.

Sie brauchte Luise als Verbündete.

Also legte sie ihr den Arm um die Schulter und zog sie etwas näher an sich heran.

„Dein Plan ist deshalb nicht durchführbar, Luise, weil Konrad nicht nur die Türen und Fenster mit Sprengfallen versehen hat, sondern auch selbst einen Sprengstoffgürtel trägt."

Luise starrt sie an.

Kate schien es jetzt ratsam, sie trotzdem zu beruhigen.

„Aber ich bin überzeugt, dass die Polizei und auch meine Mitarbeiter schon unsere Spur aufgenommen haben und uns hier rausholen. Wir brauchen nur ein bisschen Geduld. Das schaffen wir doch, oder?"

Als Luise nichts sagte, befürchtete Kate, jetzt einen immensen Fehler gemacht zu haben.

„Es ist ein spurentechnisches Desaster", sagte Mike zusammenfassend.

„Das Schlimme ist, dass es die ganzen Tage weiter geschneit und geregnet hat und jeder Chance auf eventuelle Spuren im wahrsten Sinne des Wortes wegspült wurden."

Ben, für den Omar noch immer die Dolmetscherfunktion übernahm, nickte.

„Ich kenne solche Fälle. Scheinbar kein Motiv, keine Spuren, nichts."

Er sah zu Steven, der ebenfalls die Schultern zuckte.

„Dieser Kerl hat auch nirgends einen digitalen Fußabdruck hinterlassen. Die Telefonate mit den Krauses hat er von einem Prepaidhandy aus vorgenommen."

Ben ging zu dem großen Whiteboard, den Jasmin bestückt hatte.

Die Bilder von Kate und Luise waren im Zentrum angelegt, darum herum leider noch nicht viel.

„Wenn er sie beide gefangen hält, dann wo?"

Mike winkte ab.

„Das haben wir schon wieder und wieder erörtert. Es muss ein Haus sein, das abgeschieden genug liegt oder in einem schalldichten Keller, das würde auch in der Stadt funktionieren."

Er fuhr sich mit der Hand über die Augen.

Sie waren gerötet und auf seinen Wangen zeigten sich deutliche Spuren, dass er eine Rasur benötigte.

Er war jetzt über 30 Stunden auf den Beinen und hatte auch zuvor immer nur kurz und unruhig geschlafen.

Abgesehen, dass ihn Fälle, bei denen Kinder involviert waren, immer emotional mitnahmen, war er
dieses Mal persönlich betroffen.

Eine schlechte Kombination, dass wusste er.

Normalerweise hätte er den Fall abgegeben müssen.
Aber niemand in seinem Team ahnte auch nur, wie
nahe ihm Kate Schulz stand.

Das Verrückte dabei war, nicht einmal sie selbst.

Abby trat ein und brachte neuen Kaffee.

Er wusste nicht, die wievielte Tasse es war, die sie
ihm einschenkte und hinschob. Aber er nahm sie
dankbar an.

„Die einzige Frage ist doch, warum hat er die beiden
entführt? Lösegeld, ja, aber das war scheinbar nur
Mittel zum Zweck, um an Kate heranzukommen."

Ben starrte noch immer auf die Wand.

„Dieser Serwowitsch. Könnte er involviert sein?"

Dieses Mal war es Jasmin, die antwortete.

„Nein, das glaube ich nicht, warum auch? Er war
sehr glaubhaft, als er sagte warum er, ohne zu fragen,
Bernd Krause das Geld gegeben hat."

Ben nickte.

„Gut, wenn du das sagst."

Er blickte zu Mike, der ebenfalls nickte.

Auch ihm war inzwischen klar, dass Serwowitsch
nichts mit Kates Entführung zu tun hatte.

Er nahm noch einen Schluck Kaffee und verbrannte
sich fast daran.

„Da wir noch keine Spur von Luise haben, vermuten
wir und hoffen, dass sie noch lebt", sagte er, heiser

von der Hitze des Kaffees.

Ben hatte sich zurückgelehnt und starrte auf den Whiteboard.

„Ich denke", sagte er mit gedehnter Stimmlage.

„Wir müssen uns nicht als Erstes die Frage stellen, wo er die beiden gefangen hält, sondern wie in Gottes Namen stellt er es an? Kate ist eine erfahrene Agentin, die über Nahkampferfahrung verfügt. Er muss sie irgendwie außer Gefecht gesetzt haben."

Mike stieß die Luft aus.

„Was glaubst du eigentlich, was wir die ganze Zeit tun? Das haben wir alles diskutiert, mit einem ähnlich unbefriedigenden Ergebnis wie alles andere auch."

Er war zu erschöpft, um verärgert zu sein.

„Entweder, er hat sie wirklich außer Gefecht gesetzt, wie du sagst, oder er benutzt Luise als Druckmittel und hält sie damit auf Abstand."

Er schlug mit der Hand auf den Tisch.

„Das habe ich mir wieder und wieder ins Gedächtnis gerufen."

Omar legte Mike die Hand auf die Schulter.

„Ich weiß, dass du das nicht hören willst, aber du musst schlafen. So kannst du nicht mehr lange weiter machen. Ihr habt eine Sonderkommission, die rund um die Uhr ermittelt und wir auch, also geh nach Hause und leg dich für ein paar Stunden aufs Ohr."

Mike schüttelte den Kopf.

„Ich kann nicht abschalten", sagte er leise und Omar zog mit einem Schulterzucken seine Hand zurück.

Er verstand ihn ja. Er hätte an seiner Stelle und wenn Jasmin betroffen gewesen wäre, nicht anders reagiert.

Ben starrte inzwischen, unberührt von dem, was um ihn herum passierte, auf die beiden Bilder am Whiteboard, das von Luise und das von Kate.

Es war Abby, die neben ihm stand und ihm einen Kaffee eingoss.

Sie folgte seinem Blick und sah ihn dann an.

„Warum?", fragte sie leise. „Warum entführt ein Mann ein Kind und eine Frau?"

Sie sprach für sich und schien dabei zu überlegen.

Mike wollte etwas sagen, aber Ben winkte ab.

Er beobachtete Abby, wie sie die Kaffeekanne abstellte und auf das Whiteboard zuging.

Plötzlich war wirklich Stille im Raum und nicht nur Ben, sondern auch die anderen Anwesenden starrten Abby an, die das aber nicht zu bemerken schien.

Sie beugte etwas den Kopf zur Seite, als wolle sie den Blickwinkel ändern und wandte sich plötzlich um.

„Vielleicht wollte er eine Familie. Vater, Mutter, Kind?"

Mike sah sie skeptisch an.

„Das ist Westentaschenpsychologie. Wer würde sich für so einen Plan eine FBI Agentin aussuchen?"

„Ein psychisch Kranker", meinte Omar, noch ehe jemand anderes etwas sagen konnte und zwinkerte Abby zu.

Auch Ben nickte anerkennend zu ihr hin.

„Ein guter Ansatz, wirklich", sagte er und warf Mike einen verärgerten Blick zu, der sich daraufhin zurück lehnte und den Kopf schüttelte.

„Wenn ich damit meinem Chef komme, lacht er mich aus. Ein psychisch kranker Täter sinnt so einen Plan aus, das hier ist doch kein Psychothriller."

Unwillkürlich war er laut geworden, auch ein Zeichen seiner völligen Erschöpfung.

Omar hingegen ließ sich nicht aus der Ruhe bringen. Er deutete Abby, sich zwischen ihn und Ben zu setzen und lehnte sich dann, unter Protestknirschen seines Stuhles, nach vorn.

„Lass uns Abbys Idee aufgreifen und durchspielen." Als Mike sich nicht äußerte, fuhr er fort.

„Vielleicht wurde ihm sein Kind entzogen, das in Luises Alter ist oder zum damaligen Zeitpunkt war. Es sucht sich also konkret ein Mädchen im gleichen Alter und vom gleichen Typ aus."

Steven sah von seinem Laptop auf und nickte.

„Dann war die Entführung selbst nur ein Fake, um an Kate heranzukommen."

„Als die neue Mutter", ergänzte Jasmin.

Scheinbar waren jetzt alle von der Idee gefangen. Mike stöhnte.

„Na toll, jetzt springt ihr alle auf diesen Zug mit auf. Kate ist eine FBI Agentin, so dumm kann doch keiner sein, sie für so eine Rolle als Ehefrau und Mutter zu entführen. Er hatte es ja konkret auf sie abgesehen und wusste auch über ihren Beruf genau Bescheid, dass haben uns die Krauses bestätigt."

Omar war nicht bereit, so schnell aufzugeben.

„Ich sage es nochmal. Ein psychisch Kranker kann

das sehr wohl. Auf der einen Seite präzise planen und auf der anderen für uns, als psychisch Gesunde, scheinbar unlogisch handeln."

Steven, der Mikes Einwurf nicht zu beachten schien, schaute Omar interessiert an.

„Dann müsste er doch Medikamente einnehmen oder auch ein bis mehrmals in Behandlung gewesen sein?" Seine Hände schwebten schon in der Luft, scheinbar bereit, sich in jede, in Frage kommende, Patientenakte einzuhacken.

Omar, der sah, wie Mike bereits zu einem erneuten Einwand ansetzte, bremste ihn aus, indem er Steven mit einer beruhigenden Geste Einhalt gebot.

„Wir brauchen mehr Eckdaten. Wir können nicht -zig Patienten überprüfen aus einem Verdacht heraus. Das fliegt uns definitiv um die Ohren."

Dabei sah er Mike an, der erleichtert nickte.

Ben, der das Vermögen besaß, ihn störende Dinge auszublenden, wandte sich an Omar.

„Sein Kind entzogen, hast du gesagt. Das klingt logisch. Aber warum dann wieder die Mutter, die ihn vielleicht verlassen hat?"

Plötzlich setzte sich Abby gerade auf ihren Stuhl, auf den sie sich nur Minuten vorher gesetzt hatte und sah in die Runde.

„Und wenn ihm Kind und Mutter entzogen worden waren?"

Wieder war eine plötzliche Stille im Raum, dann sprang Ben auf und riss die verblüffte Abby vom Stuhl und küsste sie spontan auf die Wange.

„Mädchen, du bist genial", sagte er und sah die anderen an, bis sein Blick an Mike hängen blieb.

„Das sind die Parameter, nach denen ihr suchen solltet. Mann, alleinstehend, psychisch krank, eventuell in Behandlung, derzeitig oder gewesen. Er hatte eine Tochter im Alter von zehn Jahren. Und er hat sie verloren, durch Unfall, Krankheit, ein Verbrechen. Sie ähnelte Luise. Er hatte auch eine Frau und auch sie ist nicht mehr da."

Mike fuhr sich mit den Händen ins Gesicht und stand schließlich auf.

„Gut, es ist ein Versuch wert."

Er klang nicht überzeugt, aber zumindest nicht mehr komplett ablehnend. Er wollte schon hinausgehen, als er zurückging und Abby die Hand auf die Schulter legte.

„Wenn wirklich was an der Sache ist, dann bist du diejenige, die den Durchbruch ausgelöst hat."

Jasmin war aufgesprungen und begleitete ihn bis zur Tür.

„Du informierst uns?"

Es war eigentlich keine Frage, sondern eine Feststellung. Mike sah sie an und das erste Mal an diesem Abend erschien ein Lächeln in seinem Gesicht.

„Habe ich eine Wahl?", fragte er und Jasmin schüttelte, ebenfalls lächelnd, den Kopf.

„Konrad Fischer, 54 Jahre, Buchhalter in der Firma Gotex. Er hat vor fünf Jahren seine damals neunjährige Tochter Sandra und seine Ehefrau Elke durch einen Autounfall mit Fahrerflucht verloren. Er selbst kam fast unbeschädigt aus dem Fahrzeug heraus, aber seine Psyche hat schwer gelitten. Leider haben wir noch keinen Einblick in seine Krankenakte erhalten, der Staatsanwalt ist aber dran uns eine Verfügung auszustellen."

Abby durfte heute, nachdem ihr Hinweis den entscheidenden Durchbruch gegeben hatte, an der Stirnseite des Tisches sitzen und Holger hatte, sehr gerne, wie er betonte, die Funktion des Kaffeebeschaffers übernommen.

Es war dieser Durchbruch, der Mike scheinbar neuen Elan gegeben hatte, das und ein paar Stunden Schlaf sowie eine Dusche und eine Rasur.

Nachdem die Sonderkommission anhand von Bens aufgestellten Parametern ermittelt hatte, war der Täterkreis sehr schnell eingeengt.

Einige, ebenfalls in Frage kommenden Männer, waren entweder zu jung, zu alt oder andere Rahmenbedingungen stimmten nicht.

Übrig blieb Konrad Fischer.

Heute Morgen nun löste Mike sein Versprechen ein und informierte Schulz Security über den Stand der Ermittlungen.

Omar, der kurzatmig vom schnellen Treppenlauf, verspätet eingetroffen war, fragte spontan.

„Wer ist der behandelnde Arzt?"

Mike schaute erstaunt auf, nickte Omar zu und schaute dann in sein Tablet.

„Ein Dr.med. Winterfeld, Psychiater."

„Sehr schön", sagte Omar und drehte sich auf dem Absatz um.

Er verschwand in Kates leerstehendem Büro. Durch die Glaswand, die an den Konferenzraum grenzte, sahen die anderen Anwesenden ihn telefonieren und dabei teilweise wild gestikulieren. Schließlich kam er mit einem zufriedenen Lächeln zurück.

„Der Kollege hat sich doch überzeugen lassen, dass hier schnelles Handeln erforderlich ist. Ja, es ist schon gut, wenn man sich kennt. Winterfeld hat mit mir zusammen studiert. Da darf man schon mal einen Gefallen einfordern. Kurz und gut, Fischer ist seit dem Unfall bei ihm in Behandlung. Der Unfall selbst hat eine schwere Psychose bei ihm ausgelöst, obwohl der Kollege der Meinung ist, dass die Disposition bei ihm bereits gelegt war. Auch die Mutter war auch erkrankt."

Jasmin, die Omars Hang zu längeren, fachlichen Monologen kannte, warf ihm einen strengen Blick zu.

„Gut, gut", knurrte er, leicht verärgert, in ihre Richtung.

„Er hat schizophrene Episoden, ist aber trotzdem sozial noch einigermaßen kompatibel. Er geht auch arbeiten, aber ist ein eher ein Einzelgänger."

Mike nickte.

„Das könnte so passen. Er besitzt ein kleines Haus bei Kauschwitz, ziemlich entlegen, es gehörte schon sei-

nen Eltern. Dort war zu DDR -Zeiten ein Truppen-
übungsplatz, jetzt ist dort faktisch Niemandsland.
Also ein guter Platz, um ungesehen jemand zu verstecken. Im Übrigen, wir haben auch eine Erklärung
für das Narkosemittel, dass Fischer eingesetzt hat.
Er hat ein paar Semester Tiermedizin studiert, wurde
aber exmatrikuliert."

„Sicher hatte er auch damals schon psychische Probleme, dass würde zu dem passen, was der Kollege
über seine Disposition gesagt hat", grätschte Omar
dazwischen.

Ben, der wieder neben Abby saß, sah zu Mike hinüber.

„Wie geht ihr vor?", fragte er direkt, was diesem ein
Stirnrunzeln entlockte. Er war nicht bereit, Details
des geplanten Einsatzes preiszugeben.

Ben ahnte das und stützte beide Hände auf die
Tischplatte.

„Ich bin mit im Boot, Mike. Kate ist meine Partnerin,
sie ist FBI Special Agent, vergess das nicht."

Mike seinerseits lehnte sich zurück, um nonverbal
auszudrücken, dass Bens Gehabe ihn nicht beein-
druckte.

„Du bist nicht in offizieller Mission in Deutschland",
sagte er betont ruhig.

Jetzt lehnte sich auch Ben zurück.

„Gut", sagte er. „Dann werde ich heute noch meinen
Chief informieren, mit der Bitte um eine offizielle
Anfrage zur Zusammenarbeit."

Die anderen Anwesenden sahen zwischen den beiden hin und her. Nun war eine Patsituation erreicht, das war klar.

Es war Jasmin, die sich, wie immer, nicht beherrschen konnte.

„Verdammt noch mal, es geht hier um Kate und um das Mädchen. Das werdet ihr zwei Sturköpfe doch nicht an Kompetenzstreitigkeiten festmachen."

Plötzlich sprachen alle durcheinander.

Es war schließlich Mike, der zur Ruhe mahnte.

Zum Erstaunen aller sagte er: „Jasmin hat Recht, Ben und ich werden uns schnell und unbürokratisch einigen."

Kapitel 10

Luise sah zu Kate hin, die, wie immer an diesen end-
losen Tagen, das Abendbrot ins Wohnzimmer trug.
Es würde wieder Wurstbrote geben und saure Gürk-
chen, fein säuberlich geschnitten von Konrad und
seinem Messer, dass er sofort danach wegschloss und
erst dann Kates Fußfessel löste.
Es war frustrierend, in mehr als drei Wochen hatte
sie keine reelle Chance gesehen, ihn zu überwältigen.
Vielleicht hätte sie es ohne Luises Anwesenheit ge-
wagt, aber so fühlte sie sich immer und immer ge-
bremst, in der Angst, das Leben des Kindes zu gefährden.
Diese schien Kates beklemmende Gedanken irgendwie zu spüren und trat an sie heran, um ihr das Tablett abzunehmen.
„Alles in Ordnung?", fragte sie und Kate bemühte
sich um ein Lächeln, was ihr nicht sonderlich gut
gelang.
„Das Wurstbrot nervt", sagte sie schließlich mit ver-
schwörerischer Miene und Luise musste lachen.
„Stimmt", flüsterte sie und sah mit langem Hals in
Richtung Tür, ob eventuell Konrad kam.
In diesem Moment hörte Kate etwas, was sie für eine
akustische Halluzination hielt.
Es war der Doppelruf eines Habichts. Nein, das
konnte nicht sein.
Sie sah, wie Luise sie erstaunt anschaute.

Plötzlich kam Konrad mit schnellen Schritten ins Wohnzimmer. Er wirkte unruhig.

„Es ist besser, wenn ihr jetzt in den Keller geht, wir essen später", sagte er.

Kate blieb wie angewurzelt stehen und ergriff Luises Hand.

„Warum?", fragte sie.

Konrad schien verwirrt.

„Weil ich es sage."

Seine Stimme wurde etwas lauter, aber scheinbar irritierte es ihn, dass sie so direkt fragte.

„Kommt", forderte er jetzt nachdrücklich und seine Augen glitten immer zwischen dem Fenster und Kate hin und her.

Also war doch irgendetwas da draußen, was auch ihn zu beunruhigen schien.

Wieder ertönte der Doppelruf des Habichts und jetzt wusste Kate es genau. Das konnte nur ihr Partner Ben sein.

Seltsamerweise stellte sie sich nicht die Frage, warum er jetzt hier in Deutschland und an einer Rettungsaktion beteiligt sein sollte.

Konrad riss die Augen auf, lief zum Fenster und zog den Vorhang etwas auseinander.

Seine Blicke glitten über die Hecke, die Felder.

„Bleibt hier", befahl er schließlich und lief hinüber zum Küchenfenster, um die andere Seite des Hauses einsehen zu können.

Irgendetwas erschütterte das Haus und Kate identifizierte es blitzschnell als den Einsatz einer Ramme an der Tür.

Dieser wurden von einer Explosion unterbrochen.

Scheinbar war die, von Konrad befestigte, Sprengfalle hochgegangen.

Luise schrie auf, aber Kate warf sie auf den Bauch und sich über sie.

„Sei ruhig, das ist die Polizei, sie holen uns hier raus", flüsterte sie dem immer hysterischer schreienden Mädchen ins Ohr, das sofort verstummte.

Es blieb nur ein leises Wimmern.

Kate schob sich mit Luise in Richtung des massiven Eichentisches und warf diesen um.

Das Tablett flog quer durch den Raum und seltsamerweise dachte Kate befriedigt daran, wie ärgerlich es Konrad machen würde, seine perfekt geschnittenen Gurkenscheiben auf dem Boden liegend zu sehen.

Hinter dem Tisch verschanzte sie sich mit Luise, diese immer noch mit ihrem Körper schützend.

Sie wusste von solchen Einsätzen, dass sie am besten still liegen bleiben sollten.

Das Einsatzkommando würde das Haus stürmen und alle Räume sukzessive durchkämmen.

Aber sie wussten nichts von den anderen Sprengfallen und von Konrads Sprengstoffgürtel.

„Du tust mir weh", jammerte Luise leise, da Kate noch immer auf ihr lag. Aber Kate interessierte das jetzt nicht.

Sie manövrierte Luise und sich selbst so, dass sie genau zwischen der massiven Außenwand und dem vor ihnen aufgerichteten Eichentisch lagen.

Dann war einen Augenblick völlige Ruhe.

Hatten sich die Einsatzkräfte zurückgezogen wegen der Sprengfalle?

In diesem Moment jagte eine Druckwelle durch das gesamte Haus, Möbel wurde umhergeschleudert wie Spielzeug.

Kate sah, dass das Fenster aus den Angeln gerissen wurde und ein Deckenbalken auf sie herabsauste.

Von vorn und von hinten waren sie geschützt, aber nicht von oben.

Sie hatte keine Chance zu entkommen.

„Verdammte Scheiße", schrie Ben und wollte auf das Haus zustürmen, von dem Teile mit ohrenbetäubenden Knallen umherflogen.

Glücklicherweise hatte sich die Sondereinheit nach der Sprengfalle an der Tür kurzfristig zurückgezogen, um die weitere Vorgehensweise zu beraten.

Mike Köhler bekam ihm noch am Arm zu fassen und zog ihn zurück.

„Stopp, da kann jetzt niemand ran."

Ben wollte sich unwirsch aus der Umklammerung lösen, dann sah er Mike an. Dieser kämpfte sichtlich selbst mit seiner Beherrschung.

Er wäre sicher auch losgestürmt, um nach Kate und dem Mädchen zu sehen, aber das war unmöglich.

„Da ist eine Menge Sprengstoff in die Luft geflogen, es hat wohl keiner damit gerechnet, dass sich der Kerl so verschanzt hat", sagte der Einsatzleiter zu Mike und schüttelte den Kopf.

„Wir müssen auf die Kampfmittelbeseitigung warten. Da geht mir keiner von meinen Leuten rein."

„Was ist mit den beiden Geiseln?"

Der Einsatzleiter zuckte die Schultern.

„Es tut mir leid, aber wenn sie sich unmittelbar in der Nähe der Explosion aufgehalten haben, hatten sie wohl keine Chance."

Er klopfte dem Hauptkommissar auf die Schulter und ging wieder hinüber zu seinen Männern.

Mike verbarg sein Gesicht in seinen Händen und sank auf einen Baumstumpf.

Ben blieb neben ihm stehen und starrte auf das halb

zerstörte Haus.

Auch wenn er nicht verstanden hatte, was der Einsatzleiter gesagt hatte, war doch dessen Miene Erklärung genug.

Außerdem war er bei genügend Einsätzen dabei gewesen, die in einem ähnlichen Desaster geendet hatten.

Trotzdem, vielleicht bestand noch Hoffnung.

Er sah zu Mike hinunter, der seine Körperposition nicht verändert hatte.

Ben ahnte, was in dem Hauptkommissar vorging.

Kate war seine Partnerin, ja, aber mit Mike schien sie deutlich mehr zu verbinden.

Auch ihn selbst machte diese Hilflosigkeit verrückt.

Er legte seine Hand auf Mikes Schulter und drückte sie fest.

„Noch ist Hoffnung, Kumpel", sagte er leise, aber Mike schüttelte nur den Kopf.

In diesem Moment ertönten die Martinshörner der Feuerwehr und Krankenwagen und in kurzer Zeit war das ganze Gelände voll von Einsatzfahrzeugen. Auch Omar Amris SUV brauste heran.

Als er von Polizisten, die das Gelände sicherten, angehalten wurde, gab Mike, der sich erhoben hatte, diesen ein Zeichen, den Pathologen durchzulassen.

Omar sprang, erstaunlich behände für einen Mann seines Gewichtes, aus dem Wagen und starrte auf das Haus.

Langsam wandte er seinen Kopf und sah Ben und Mike an.

106

„Kate? Was ist mit ihr?", fragte er mit mühsam beherrschter Stimme.

Mike sah ihn an, dann wandte er sich dem Haus mit den qualmenden Trümmern zu, zu dem sich jetzt Männer in Spezialanzügen aufmachten.

Mit einem Seufzer schüttelte er den Kopf.

Kapitel 11

Das Erwachen war furchtbar. Ihre Kehle wie Feuer und es gab keine Stelle an ihrem Körper, die nicht schmerzte.

Also war sie doch in der Hölle gelandet, die Hölle, in der sie noch immer war.

Sie hatte erst gedacht, es sei nur ein Traum gewesen, in dem sie sich gefangen glaubte, aber nein, die Hölle war Realität.

„Kate."

Wer rief da ihren Namen? Immer lauter, immer drängender?

Da waren wieder diese Masken, verhüllt, um sie zu quälen. Sie wollte sich aufrichten, es ging nicht.

Dann hörte sie eine Stimme, die ihr merkwürdig vertraut war.

Die Stimme klang laut, bestimmend.

„Lassen sie sie in Ruhe, sie sehen doch, dass sie Angst hat."

Wem immer diese Stimme gehörte, er wollte ihr helfen.

„Kate, mach die Augen auf, bitte."

Wieder dieser bekannte Tonfall. Langsam öffnete sie die Augen, ganz weit diesmal und sah in ein vertrautes Gesicht.

Und unwillkürlich formten ihre Lippen einen Namen.

„Ben?"

Ihr Partner, Special Agent Ben Thomson grinste breit.

„Du erkennst mich?"

Sie brachte nur ein vorsichtiges Nicken zustande.

Er wandte sich an eine Person, die sie nicht sehen konnte.

„Ich habe ihnen doch gesagt, sie wacht auf und weiß wer ich bin, wenn sie meine Stimme hört."

Jetzt kam die maskierte Gestalt, die ihr so viel Angst eingeflößt hatte, wieder in ihr Sichtfeld.

Aber dieses Mal erkannte sie, dass es kein teuflischer Dämon war, wie es ihr ihre Träume suggeriert hatten, sondern ein Mann mit einer Kopfhaube und Mundschutz.

Dann sah sie das Stethoskop, das er um den Hals trug und verstand. Er war Arzt.

Jetzt konnte sie auch die piepsenden Geräusche um sich herum einordnen.

Sie stöhnte ungewollt laut auf.

„Hast du Schmerzen?"

Ihr Partner kam der Frage des Arztes zuvor, der ihn grimmig über den Rand seiner Brille anfunkelte.

FBI Agenten waren schon als Patienten eine mittlere Katastrohe, als Besucher waren sie schlimmer als die Pest.

„Könnten sie mich bitte zur Patientin lassen", forderte der Arzt und nur widerwillig rückte Ben etwas zur Seite.

Der Arzt trat nun direkt in Kates Blickfeld.

„Soll ich ihnen etwas zur Schmerzlinderung spritzen?", fragte er, wobei er langsam und deutlich sprach.

„Was ist passiert?"

Nur mit Mühe konnte sie diese Frage stellen.

Sie sah, wie Ben antworten wollte, aber der Arzt schnitt ihm schonungslos das Wort ab.

„Sie waren über einen Monat im Koma gelegen, Miss Schulz. Durch die Wucht der Explosion wurde ihr Schädel verletzt, aber Gott sei Dank nicht so schwer, wie wir erst vermutet hatten. Sie haben eine doppelte Beckenfraktur und so viele Prellungen und Hämatome, dass wir sie kaum zählen konnten. Aber sie werden wieder gesund. Möchten sie jetzt etwas gegen die Schmerzen?"

Kate konnte nur nicken, aber sie war erleichtert.

Also war sie nicht in der Hölle, aber wo war sie?

Egal, sie lebte und würde weiter leben.

Ein warmes Gefühl durchströmte sie.

Dass dies die Wirkung der Schmerzmittel waren, konnte sie nicht registrieren. Aber es fühlte sich gut an.

Kate war von der Intensivstation in einen normalen, chirurgischen Bereich verlegt worden.

Die letzten Tage hatte sie nur im Dämmerschlaf zugebracht.

Aber heute war sie wacher und registrierte endlich, dass sie nicht mehr in Deutschland war.

In dem neuen, großzügigen Krankenzimmer stand ihr Bett so, dass sie aus dem Fenster sehen konnte.

In der Ferne erkannte sie einen Fluss und wusste, dass dies der Chattahoochee River war.

Also lag sie Atlanta Medical Center, jenem Krankenhaus, in dem viele Jahre ihr Vater gearbeitet hatte.

Gerade hatte sie diese Gedanken langsam in ihrem Kopf formuliert, als es klopfte und ein weißhaariger Mann im Arztkittel eintrat.

„Katherina, wie geht es dir heute?", fragte er und trat an ihr Bett.

Kate erkannte ihn sofort, es war der Kollege ihres Vaters gewesen, mit dem er am längsten zusammengearbeitet hatte.

Er und seine Familie waren auch privat mit den Schulzens befreundet.

Doktor Radtclif Morsen, seine Frau Betty und ihr Sohn Dave waren auch bei der Beisetzung ihrer Eltern gewesen. Damals hatten sie sich das letzte Mal gesehen.

„Danke, Onkel Radtclif, es geht schon."

Er strich über ihren Arm.

„Ich wollte dich unbedingt auf meiner Station. Hier bist du gut aufgehoben. Wir werden dich noch etwas stabilisieren, dann geht es los mit der Therapie. Aber du kommst wieder auf die Beine."

Kate richtete sich etwas auf. Ihr Körper schmerzte noch immer.

Doktor Morsen sah ihre Miene.

„Wenn du Schmerzen hast, melde dich. Diese doppelseitige Beckenfraktur haben wir gut operieren können. Dein Kopf hat uns mehr Sorgen gemacht. Aber der ist ja jetzt wieder in Ordnung. Nur Schmerzen wirst du noch eine ganze Weile haben."

Kate sah an sich herunter.

Sie trug ein klassisches Krankenhausnachthemd, aber was von ihrem Körper sichtbar war, sagte ihr genug über ihren Zustand. Schürfwunden, grüne und gelbe Hämatome, Schwellungen. Sie war froh, dass sie ihr Gesicht nicht sehen konnte.

„Und wie komme ich hier her? Ich kann mich nicht erinnern."

Der Arzt setzte sich zu ihr ans Bett.

„Nun ja, ich kenne auch nicht die ganze Geschichte. Ich weiß nur, dass das FBI dich aus Deutschland ausfliegen ließ. Von der Air Base Ramstein, mit einem Sanitätsflugzeug. Die haben eine eigene Intensivstation an Bord."

Aufmunternd klopfte der Arzt ihr auf die Schulter.

„Apropos FBI, da draußen ist wieder dieser penetrante FBI Agent, der scheinbar nichts anderes zu tun hat, als in diesem Krankenhaus herumzulungern und die Schwestern von der Arbeit abzuhalten", sagte er mit einem Augenzwinkern.

Kate lächelte etwas.

„Das klingt nach Ben. Schick ihn bitte rein."

Der Arzt nickte und erhob sich.

„Wenn er dich zu sehr aufregt, klingle einfach, ich befördere ihn persönlich nach draußen, FBI Agent hin oder her."

Er zwinkerte ihr noch einmal zu und ging hinaus. Dabei hielt er die Tür auf, sagte etwas und kurz darauf stand Ben an ihrem Bett.

Er strahlte über das ganze Gesicht und quetschte ihr etwas schmerzhaft die Hand.

„Ich würde dich gern fest umarmen und dir einen Kuss auf die Wange drücken, aber ich denke, wir belassen es lieber bei dem Händedruck."

Bei seinem skeptischen Blick in ihr Gesicht zog sie vorsichtig die Augenbrauen hoch, was natürlich prompt eine Schmerzlawine auslöste.

„Sehe ich so schlimm aus wie ich mich fühle?"

Ben hatte sich einen Stuhl herangezogen und sich darauf niedergelassen. Er neigte den Kopf etwas zur Seite und betrachtete sie.

„Ich sage einmal so, hätten wir dich nicht einfliegen lassen, mit dem Gesicht würdest du durch keine Zollkontrolle kommen."

Jetzt musste Kate doch lachen, Schmerzen hin oder her.

„Charmant wie immer", keuchte sie etwas und wurde dann ernst.

„Sorry, aber ich habe einen Filmriss, was ist bloß passiert?", gestand sie kleinlaut, aber Ben winkte ab.

„Das sollte unsere kleinere Sorge sein. Dein Kopf ist wieder in Ordnung, das war die größte Angst. Also, ein Sondereinsatzkommando hat mit einer Ramme das Haus gestürmt, indem du und das Mädchen gefangen waren. Was keiner wusste, war, dass dieser Verrückte alles mit Sprengfallen gesichert hatte. Die waren sprengtechnisch zwar nicht das Problem, es ballerte nur ein bisschen. Das Schlimme daran war, scheinbar alarmierten sie ihn. Und in dieser Situation, die er wohl für ausweglos hielt, zündete er einen Sprengstoffgürtel."

Jetzt setzte Kates Erinnerung langsam wieder ein.

Es war der Doppelruf des Habichts gewesen, der sie alarmiert hatte.

Verblüfft starrte sie Ben an.

„Du warst in Deutschland? Und auch vor Ort?"

Er nickte.

„Jasmin hatte mich angerufen, aber es war der Chief, der mich rübergeschickt hat."

Verständnislos schüttelte sie den Kopf. Irgendwie reagierte sie doch noch sehr verlangsamt.

Warum in Gottes Namen sollte der Chief, Superspecial Agent Wolter Fisher, Ben nach Deutschland schicken?

Dieser schien zu merken, dass Kate die Teile noch nicht zusammenfügen konnte.

„Es bestand der Verdacht, dass deine Entführung etwas mit deiner früheren Tätigkeit bei uns zu tun hatte."

Plötzlich fuhr Kate hoch und verzog sofort schmerzhaft ihr Gesicht.

„Luise, was ist mit dem Mädchen?"

Dieser Gedanke war ihr plötzlich in den Kopf geschossen. Warum hatte sie nicht eher an sie gedacht? Scheinbar war ihr Kopf doch noch nicht wieder in Ordnung.

Ben legte seine Hand beruhigend auf die ihre.

„Der Kleinen geht es gut. Du hast sie komplett mit deinem Körper geschützt. Sie hatte nur ein paar Kratzer. Ihr hattet euch wohl hinter einen großen Eichentisch geflüchtet, das hat dir letztendlich das Leben gerettet. Zwar sind einige Deckenbalken auf euch niedergeknallt, aber der Tisch hat vieles abgehalten, auch die Splitter. Aber trotzdem hattest du so schwere Kopfverletzungen, dass es einige Zeit so aussah, als würdest du es nicht schaffen."

Kate sah, wie Ben mit seinen Emotionen kämpfte. Sie nahm ihre andere Hand und legte sie auf die seine.

„Naja, Unkraut vergeht nicht", sagte sie und lächelte etwas.

Er zog langsam seine Hand zurück. Seine Augen glitzerten verdächtig.

Entweder, weil er an die ersten Stunden und Tage nach diesem Ereignis denken musste, oder über die Tatsache, dass seine sonst so spröde Partnerin nicht nur eine körperliche Berührung duldete, sondern sie erwiderte.

„Also wisst ihr gar nichts über diesen Konrad?", fragte sie, auch um sich wieder auf die sachliche Ebene zu begeben.

115

Ben setzte sich wieder bequemer hin und lehnte sich zurück.

„Doch, deine Leute haben es schneller herausgefunden als die Polizei. Respekt, eine tolle Truppe! Und diese kleine Abby ist ja wirklich Spitze."

Kate drohte ihm scherzhaft mit dem Finger.

„Lass meine Mitarbeiterin in Ruhe, die kommt nicht in deinen berühmten Harem."

Ben riss die Hände nach oben.

„He, das war rein fachlich gemeint."

Aber dabei grinste er wie ein Kater, der um den Sahnetopf schleicht.

Zumindest war die Stimmung jetzt wieder entspannt.

„Luise hat uns anschließend viel erzählt, damit bestätigte sie die Theorien, die die deutsche Polizei und auch dein Team hatten. Das Mädchen hat das alles gut weggesteckt. Sie hat mir aufgetragen, dich zu grüßen und dir zu sagen, sie übt jeden Tag englisch und will dir schreiben, sowie es dir besser geht."

Kate lächelte erleichtert.

„Das ist gut, wirklich. Luise ist ein tolles Mädchen, hätte sie nicht so gut mitgespielt, wäre Konrad schon eher ausgetickt. Er ist psychisch krank, extrem krank."

Ben zuckte die Schultern.

„War, Kate, er war krank. Er hat sich in die Luft gesprengt."

Sie nickte langsam.

„Vielleicht ist es gut so. Es ist fraglich, ob ihm jemand hätte helfen können."

Ben war versucht ihr zu sagen, dass der Kerl, wenn
er überlebt hätte, mit Sicherheit viele Jahre in die
Sicherheitsverwahrung gekommen wäre, aber er
schwieg.

Kate erschien ihm nicht nur noch reichlich verlangsamt, sondern auch emotional seltsam dünnhäutig.

In diesem Moment klopfte es und Doktor Morton
steckte seinen Kopf zur Tür herein.

„Ich glaube, Miss Schulz hat für heute genug", sagte
er in dem autoritären Ton eines leitenden Mediziners.

Ben schien geradezu erleichtert über diese Störung.

Ungewöhnlich folgsam erhob er sich.

„Bis morgen, Kate", sagte er und wagte es schließlich
doch, ihr einen sanften Kuss auf die Wange zu geben.

Kapitel 12

Der Flug von Atlanta nach München verlief ereignislos und ließ Kate Zeit, über die letzten Monate nachzudenken.

Ihre Genesung hatte rasche Fortschritte gemacht.

Daran hatte vor allen Dingen ihre Physiotherapeutin einen hohen Anteil, der es gelungen war, alles aus ihrer Patientin herauszuholen.

Wann immer Kate aufgeben wollte, hatte sie genau den richtigen Schalter bei ihr gefunden, dass zu verhindern.

Die Abschlussuntersuchung bestätigte ihr im März, also über ein Vierteljahr nach der Explosion, wieder volle Einsatzfähigkeit, zumindest was ihre physische Situation betraf.

Langzeitfolgen für die Psyche konnten momentan noch nicht ausgeschlossen werden.

Auch wenn Kate überzeugt war, alles sei wieder beim Alten, so wurde sie doch plötzlich eines anderen belehrt.

Sie schlief schlecht, war deutlich schreckhafter als gewöhnlich und litt streckenweise unter plötzlichen Panikattacken.

Ihre Psychologin mahnte sie zur Geduld, eine Aussage, die Kate mehr belastete als beruhigte.

Denn sie wusste, dass es noch etwas anderes gab was sie umtrieb und das hatte sie ihrer Psychologin nicht gesagt.

Die Tatsache, dass sie Entscheidungen treffen musste,

wichtige Entscheidungen, von denen sie sich momentan überfordert fühlte.

Als sie in der Klinik lag, hatte sie täglich Besuche erhalten, nicht nur von Ben, der treuen Seele.

Viele Kollegen kamen vorbei und Doktor Morton nannte ihr Zimmer scherzhaft mehr als einmal eine Außenstelle des FBI.

Auch der Chief war gekommen. Er wirkte dabei, als sei es ihm mehr als unangenehm, Kate im Nachthemd und im Bett anzutreffen.

Als ihre Therapie Fortschritte machte und Kate wusste, dass er sich darüber informieren ließ, bat er sie eines Nachmittags in sein Büro zu einem Gespräch.

Hier wirkte er nicht so hilflos wie in ihrem Krankenzimmer, sondern souverän wie immer.

Nachdem er Kate einen Platz und sogar Kaffee angeboten hatte, diese Ehre war vor und auch nach ihr nie einem Spezial Agent zuteil geworden, sah er sie eine Weile schweigend an.

Dann erhob er sich und deutet Kate, die ebenfalls aufstehen wollte, sitzen zu bleiben.

Er hielt die Kaffeetasse fest in seiner Hand und wanderte im Zimmer umher, um plötzlich vor ihrem Stuhl stehen zu bleiben.

„Ich bin froh, dass es ihnen besser geht, Kate."

Er räusperte sich, sicher auch in Anbetracht der persönlichen Anrede, die ihm so plötzlich über die Lippen gekommen war.

Dann stellte er die Tasse auf den Schreibtisch.

„Ich möchte ihnen einen Vorschlag unterbreiten, über den sie nachdenken sollten. Sie müssen sich nicht sofort entscheiden, ihre Beurlaubung habe ich noch für ein Vierteljahr verlängern können. Aber dann muss eine Entscheidung gefallen sein. Kurz und gut, wir suchen immer gute Dozenten an der Akademie und sie sind dafür mehr als geeignet. Ich habe sie vorgeschlagen. Dort könnten sie sich auch körperlich noch etwas erholen."

Er atmete tief ein und Kate fragte sich, was jetzt wohl noch kommen würde.

„Sie wissen, ich gehe in spätestens drei Jahren in Pension. Wenn es nach meiner Frau gehen würde, am besten gleich."

Er lächelte etwas, wurde dann aber wieder ernst.

„Ich hätte sie gern als meinen Nachfolger."

Im ersten Moment war Kate wie vor den Kopf geschlagen, dann stammelte sie „Danke, Sir", was ihr recht albern vorkam und registrierte, dass er Nachfolger und nicht Nachfolgerin gesagt hatte.

Das war typisch Chief, der sich an Political Correctness überhaupt nicht scherte.

Dass er sie für den „richtigen Mann in dieser Position" einschätzte, war die größte Ehre, die eine Frau in seinen Reihen wohl zuteilwerden konnte.

Er merkte, dass Kate noch immer völlig perplex war und winkte ab.

„Denken sie darüber in Ruhe nach."

Damit war sie entlassen.

Während sie gedankenverloren in die Nacht starrte, musste sie die Stewardess zwei Mal ansprechen, bis sie reagierte.

Lächelnd lehnte sie ein zweites Getränk ab.

Wenn sie sich entschied, den Vorschlag ihres Chiefs anzunehmen und nach Amerika zurückzukehren, musste sie alle Brücken hinter sich abbrechen.

Das bedeutete, dass ihre Detektei, zumindest für sie, Geschichte war.

Jasmin hatte sich gut eingefunden, in den letzten Wochen hatten sie regelmäßig miteinander geskypt und Kate war begeistert, wie souverän ihre Stellvertreterin nicht nur die Krisenzeit während ihrer Entführung, sondern auch die Zeit danach gemeistert hatte.

Nein, darum musste sie sich keine Gedanken machen. Die Detektei würde auch ohne sie weiter bestehen, aber wollte sie das wirklich?

Sie hatte sich damit einen Traum erfüllt. Sollte sie jetzt wirklich alles stehen und liegen lassen?

Seufzend lehnte sie sich zurück.

Und dann gab es noch etwas, oder vielmehr noch jemand. Mike Köhler.

Jasmin hatte Recht gehabt. Sie tanzten umeinander wie Schmetterlinge und keiner wagte einen Anfang.

Waren sie beide nicht beziehungsfähig?

Hatten sie Angst vor Gefühlen, dem Verlust der persönlichen Selbstentscheidung?

Sie wusste es nicht.

Aber in den Tagen, als sie in ihrem Bett in der Klinik

lag und es ihr noch sehr schlecht gegangen war, hatte sie oft an ihn gedacht und sich gewünscht, dass er bei ihr wäre.

Er hatte sie angerufen und sogar gefragt, ob er kommen solle, aber da war es ihr schon etwas besser gegangen und sie hatte es abgelehnt.

Hatte sie ihn damit gekränkt?

Kate war froh, als der Aufruf kam, sich anzuschnallen, es ging zum Landeanflug auf München.

Kate hievte ihren Koffer vom Gepäckband und war erstaunt, in der Reihe von Wartenden Mike Köhler zu entdecken. Der Hauptkommissar winkte ihr zu.

Als sie durch die Absperrung trat, trat er auf sie zu, drückte sie schweigend fest an sich und hielt sie dann an den Schultern ein bisschen auf Entfernung.

Er musterte intensiv ihr Gesicht, dann lächelte er breit.

„Also, nach Bens Aussagen musst du ja schlimm ausgesehen haben. Aber es ist wohl alles gut verheilt?"

Während er ihren Koffer ergriff, hakte sie sich spontan bei ihm ein.

„Ich hatte Glück, es waren nur Prellungen, keine tiefen Schnitte."

Sie sah sich um.

„Wollte Jasmin mich nicht abholen?"

„Ja, aber ich konnte sie überzeugen, dass ich das übernehme."

Damit verließen sie den Flughafen.

Mike hatte seinen Wagen mit Blaulicht im absoluten Halteverbot stehen.

Als er Kates Koffer in den Kofferraum legte, kam ein Sicherheitsbeamter auf ihn zu. Nach einem kurzen Dialog nickte dieser dem Hauptkommissar zu.

Mike stieg in den Wagen, in dem Kate bereits Platz genommen hatte.

„Und?", fragte sie.

Er grinste. „Ich konnte dem Kollegen klar machen, dass ich eine wichtige Zeugin aus den USA an Bord

habe. Das hat er gelten lassen."
Beide lachend fuhren sie los.

„Kann ich dich etwas fragen?"

Bisher hatten sie geschwiegen und sich auf den Verkehr konzentriert.

Jetzt fuhr Mike auf der Autobahn recht entspannt auf der rechten Seite und schien sich nicht daran zu stören, dass eine Menge LKW vor ihm dahinzuckelten. Kate nickte nur.

Sie sah, wie Mike zu ihr herübersah und dann wieder konzentriert nach vorn schaute.

„Das FBI hat uns ja deine Aussage geschickt und für uns ist der Fall jetzt abgeschlossen, aber ich würde gern noch einiges von dir wissen."

Er brach ab, als sei ihm erst jetzt bewusst, dass er in Kate Erinnerungen wachrufen würde, die sie besser vergessen wollte.

Kate rutschte etwas in ihrem Sitz hin und her und sah zu ihm hinüber.

„Konrad Fischer war ein schwer gestörter Mensch, aber was ich einfach nicht verstehen konnte, dass er diese beiden Persönlichkeiten in sich so strikt trennen konnte. Meine Therapeutin, der ich das geschildert habe, sagte mir auch, dass so etwas äußerst selten vorkommt. Einerseits war er der fürsorgliche Vater und Ehemann, jedenfalls das, was er darunter verstand und dann wieder der Entführer und tickende Zeitbombe. Das machte ihn auch so schwer einschätzbar."

Mike sah wieder zu ihr herüber.

Er schien eine Weile mit sich zu ringen, wie und ob er die Frage stellen sollte und Kate ahnte voraus, was er fragen wollte.

„Nein, er hat sich mir nie sexuell genähert. Obwohl er ja stellenweise überzeugt war, ich sei seine Ehefrau Elke, warnte seine andere Persönlichkeit ihn wohl davor, sich mir auszuliefern, denn das hätte er damit zweifellos getan."

Mike, der wusste, dass Kate Nahkampferfahrungen hatte, nickte. Sie hätte auch ein Messer nicht aufhalten können.

„Wäre ich nur allein seine Geisel gewesen, hätte ich eine Überwältigung riskiert. Aber um Luises Sicherheit willen habe ich es gelassen. Ich war überzeugt, dass ihr uns früher oder später findet."

Mike schnaubte kurz und setzte jetzt doch an, die LKW Kolonne zu überholen.

„Ich wäre fast daran schuld gewesen, dass es nicht so schnell ging. Es war Abbys Idee und Ben hatte sie unterstützt. Ich glaube, ich habe mich wie ein ziemliches Arschloch benommen."

Er hörte Kates leises Lachen und lächelte.

„Naja", sagte sie. „Einsicht ist immerhin der erste Schritt zur Besserung. Im Übrigen, das von Abby hat mir Ben schon erzählt. Das Mädchen ist unglaublich. Es war das Beste, sie ins Team zu holen. Ich denke, sie wird jetzt auch für sich ein entsprechendes Studium finden. Die Zeit bei uns hat ihr gut getan."

Mike scherte das Auto wieder auf die rechte Fahrspur ein und nahm das Gas etwas zurück.

„Was mich noch interessieren würde", sagte Kate. „Woher hatte Konrad Fischer das Equipment für seine Bombenbasteleien und vor allen Dingen, seine Kenntnisse? Er war doch Buchhalter."

„Das haben wir leider erst zu spät recherchiert, sonst wäre uns vielleicht das Desaster mit einem halb gesprengten Haus, einem Toten und einer Schwerverletzten erspart geblieben."

Mikes Stimme klang so deprimiert, dass Kate spontan nach drüben griff und kurz seinen Oberschenkel berührte.

„Solche Pannen gibt es leider. Glaubst du, uns ist das nicht auch schon passiert? Ich denke nur an unseren letzten Fall, bevor ich nach Deutschland kam. Ben hatte einen Tipp bekommen, dass sich ein Drogendealer und Mörder in einer Lagerhalle versteckt hält. Statt auf Verstärkung zu warten, stürmte er rein. Nur gut, er stieß seinen berühmten Habichtschrei aus, so wusste ich wenigstens, dass etwas nicht stimmt."

„Und?", fragte Mike.

Zumindest hatte Kate ihn scheinbar etwas von seinem eigenen Desaster abgelenkt.

„Er hat Mike mit einem Messer verletzt und hielt ihm eine Sig Sauer an die Schläfe."

Sie zuckte die Schultern. Mike konnte sich den Rest denken.

Plötzlich sagte Kate. „Es war Bens Habichtschrei, der Luise und mir wahrscheinlich das Leben gerettet hat. Ich habe nicht einmal darüber nachgedacht, warum Ben hier in Deutschland sein könnte."

„Ja, und davon hätte ich ihn auch fast abgehalten." Mike trommelte mit den Fingern auf sein Lenkrad und sah kurz zu Kate herüber.

„Aber um auf deine Frage zurückzukommen. Fischer war, direkt zur Wendezeit, noch bei der Nationalen Volksarmee. Wir haben herausgefunden, dass er dort beim Kampfmittelbeseitigungsdienst war. Darum kannte er sich aus. Was das Besorgen des Equipments betrifft, er war dabei genauso präzise wie in seinem Buchhalterjob. Er hat sich nach und nach alle Utensilien aus dem Internet bestellt, in kleinen Mengen, sodass es nicht auffiel. Er ist praktisch unter dem Radar geflogen, um mal Ben zu zitieren. Was unsere Spurensicherer sagen konnten, waren die Sprengfallen an Fenstern und Türen sehr gut ausgeklügelt. Er konnte sie beliebig scharfmachen und entsichern."

Kate nickte etwas.

„Und wie geht es Luise?"

Sie schämte sich, dass sie erst jetzt nach dem Mädchen fragte, aber fast fürchtete sie sich vor einer Antwort, auch wenn Ben ihr immer und immer wieder versichert hatte, ihr ginge es gut.

Mike setzte den Blinker und fuhr auf die mittlere Fahrspur. Jetzt gab er Gas, als wolle er die verlorene Zeit wieder aufholen.

„Lass dich überraschen", sagte er nur und sein Lächeln beruhigte Kate zumindest etwas.

Mit allem hatte Kate gerechnet, aber nicht mit einer Willkommensfeier.

„Und du hast keinen Ton gesagt", flüsterte sie Mike zu und boxte ihn leicht auf den Arm.

Jasmin stand mitten in dem mit Luftballons ge-schmückten Büro und hielt eine kleine Ansprache.

Die anderen nahmen Kate nach und nach herzlich in den Arm.

Und dann stand Luise Krause vor ihr und umfing sie ganz fest.

„Ich bin so froh Kate, dass es dir wieder besser geht.", sagte das Mädchen und strahlte sie an.

Danach wurde Kaffee getrunken, den Abby mit Be-geisterung ausschenkte und Luise hatte selbst einen Kuchen gebacken, den alle in den höchsten Tönen lobten.

Jasmin war schließlich mit Kate in deren Büro gegan-gen.

„Du siehst", sagte sie und fuhr mit dem Finger im Kreis herum. „Es hat sich nichts verändert. Alles war-tet nur auf dich."

Kate setzte sich an den kleinen Tisch, den sie für kur-ze Absprachen nutzte und deutet Jasmin, sich auch zu setzen.

Diese sah sie mit einem Stirnrunzeln an.

„Oh je, was kommt jetzt?"

Kate schüttelte den Kopf.

„Ich weiß nicht, wie ich es sagen soll. Erst einmal danke, für alles, was ihr vorbereitet habt und danke an dich, dass du hier alles gemanagt hast. Aber ich will ehrlich sein. Mein Chief hat mir ein Angebot gemacht. Ich soll an der Akademie des FBI unterrichten und in spätestens drei Jahren seine Nachfolge antreten."

Eine Weile war Stille in dem Raum. Durch die Tür drang das Lachen und Reden der anderen, die sich noch immer prächtig zu amüsieren schienen.

Jasmin beugte sich etwas nach vorn.

„Und?", fragte sie. „Wirst du annehmen?"

Kate erhob sich abrupt und ging zum Fenster.

Von dort sah sie auf die Bahnhofstraße. Nicht viel Betrieb, ganz anders als in Atlanta.

„Ich bin hier in Plauen irgendwie angekommen. Damit hier habe ich mir einen Wunsch, einen Traum, erfüllt. Auf der anderen Seite ist das Angebot des FBI eine hohe Ehre. Ich wäre der erste weibliche Super-special Agent als Chief des FBI in Atlanta."

Sie trommelte mit den Fingerspitzen gegen die Fensterscheibe und drehte sich schließlich wieder zu Jasmin um.

„Und was du bezüglich Mike und mir gesagt hast, stimmt. Wir beiden tanzen umeinander herum und finden nicht den Mut, aufeinander zuzugehen."

Jasmin streckte die Beine aus und sah Kate von unten an.

„Und wenn du in die Staaten zurück gehst, hast du praktisch zwei Fliegen mit einer Klappe geschlagen. Karrieresprung und das Gefühlschaos ist auch vorbei."

Kate schüttelte den Kopf.

„Nun übertreib mal nicht, Gefühlschaos. Ich bin doch keine sechzehn mehr."

Jasmin kicherte. „Als ob das einen Unterschied macht."

Dann wurde sie ernst. „Also, was willst du machen?" Kate setzte sich wieder hin und sah ihr Gegenüber fest an.

„Erinnerst du dich noch, als wir auf dem Camino waren? Ich hatte dir gesagt, ich komme irgendwann wieder und laufe noch den Rest nach Santiago de Compostela."

„Ja, noch genau 230 km", sagte Jasmin und verzog, in Erinnerung an ihre vergleichsweise kurze Pilgerreise, schmerzhaft das Gesicht.

Dann sah sie Kate alarmiert an.

„Willst du das jetzt wirklich machen? Du hast einen doppelseitigen Beckenbruch hinter dir und diverse andere, schwere Prellungen. Von der Psyche reden wir gar nicht."

Kate hatte die Hand gehoben, um sie zu unterbrechen.

„Ich habe eine gute, aber verdammt anstrengende Physiotherapie hinter mir, glaub mir, das war auch kein Spaziergang. Was meine Psyche betrifft, ja, ich schlafe schlecht und ja, ich habe noch Panikattacken."

Draußen war jetzt Luises Lachen zu hören zu, nachdem ihr Omar irgendetwas mit seiner tiefer Brummstimme zugerufen hatte.

„Sie hat es scheinbar besser verkraftet", sagte Kate nachdenklich.

131

Jasmin zuckte die Schultern.

„Kinder sind oft weit robuster als man annimmt und außerdem hatte sie danach auch eine erfahrene Kinderpsychologin an der Seite. Was aber die Hauptsache war, du hast während eurer Geiselnahme verdammt gute Arbeit bei ihr geleistet. Du hast versucht, so etwas wie Normalität zu schaffen."

Kate sah Jasmin erstaunt an. „Und woher weißt du das?"

Letztere hob beide Hände. „Na von Luise selbst. Sie hat uns alles erzählt. Es war ihr ausdrücklicher Wunsch, auch wenn ihre Eltern nicht gerade begeistert davon waren. Die Kinder- und Jugendpsychologin war mit dabei und sie hat unseren Eindruck nur bestärkt. Du hast wirklich tolle Arbeit geleistet."

Kate erhob sich wieder, die innere Unruhe, die sie verspürte, zeigte sich in einem ständig wachsenden Bewegungsdrang.

Obwohl sie Jasmins Aussage, Luise betreffend, beruhigte, wollte sie nicht darauf eingehen.

Schließlich holte sie tief Luft und sah Jasmin an.

„Ich werde nächste Woche nach Spanien fliegen. Kümmerst du dich um alles?"

Jasmin stand ebenfalls auf, trat zu Kate und umarmte sie plötzlich.

„Egal wie lange du brauchst, nimm dir die Zeit und treffe die richtige Entscheidung."

In diesem Moment öffnete sich zögernd die Tür und Luise sah um die Ecke.

Ihr Blick huschte zwischen Kate und Jasmin hin und

her und schließlich fragte sie alarmiert: „Was ist los?"
Jasmin trat neben sie und gab ihr einen kleinen Klaps
auf die Schulter.

„Hallo, junge Dame, noch nie etwas von anklopfen
gehört?"

Luise senkte etwas beschämt den Kopf und Jasmin
war sich sicher, dass sie gelauscht hatte.

„Hör mal", sagte sie leise. „Kate braucht noch ein
wenig Zeit für sich, das verstehst du doch?"

Das Mädchen sah zu Kate, die etwas lächelte.

„Es geht schon", sagte sie beruhigend, aber Luise
hatte in der kurzen Zeit, in der sie eng zusammen
waren, scheinbar ein feines Gespür für ihre Stim-
mungen entwickelt.

Sie ging auf Kate zu, drückte sie fest und sagte leise:
„Komm raus zu uns, wenn es dir so ist, okay?"

Diese versuchte ihrer Rührung zu unterdrücken, was
ihr nur mühsam gelang. Es zeigte ihr, wie emotional
angegriffen sie noch immer war.

Daher nickte sie nur, aus Angst, ihre Stimme könne
sie verraten.

Jasmin verstand ebenfalls. Sie ergriff Luises Hand
und zog sie hinaus zu den anderen.

Kapitel 13

Nachdem Jasmin gegangen war, sah Kate auf die Uhr. Sie hatte noch eine gute Stunde Zeit, dann würde ein Zubringer sie zum Flughafen nach Leipzig bringen.

Ihre Entscheidung war bewusst ausgefallen, sie hatte darauf verzichtet, sich von ihren Freunden fahren zu lassen.

Zu groß war ihre Angst, im letzten Moment ihre Entscheidung zu bereuen, und das wollte sie nicht.

Jasmin würde sich in ihrer Abwesenheit um alles kümmern, die Detektei und um ihr Haus.

Schließlich ging sie zum Schrank in der Bibliothek und nahm einen Umschlag heraus.

Omar hatten ihn ihr nach ihrer Rückkehr übergeben.

Sie hatte nur ein paar Seiten der Kopien gelesen, aber dann hatte sie es nicht mehr aushalten können, die Seiten zurück in den Umschlag gestopft und im Schrank eingeschlossen.

Jetzt würde sie die Seiten zu Ende lesen, denn wie konnte sie Entscheidungen auf ihrem Pilgerweg treffen, wenn sie die Augen vor der Wahrheit verschloss?

Mit einem Seufzer setzte sie sich an den Tisch, nahm die Blätter und glättete sie sorgfältig.

Dann legte sie die bereits gelesenen Seiten zur Seite.

Sie sah noch einmal auf das Titelblatt, das mit einigen Stempeln und Bemerkungen versehen war.

„Gedächtnisprotokoll von Esther Weizman geborene Stein-
Auschwitz 1943".

Wieder glättete sie die Seiten, irgendetwas in ihr
sträubte sich, weiterzulesen.

Dann gab sie sich einen Ruck und sie heftete ihren
Blick stoisch auf die ersten Worte der Seite 15.

*Wir erreichten das Lager am 15.August 1943 in den frü-
hen Morgenstunden.*

*Auf dem Bahnsteig, wo der Zug hielt, war es taghell. Ich
sah, es waren riesige Lampen, die die Rampen komplett
ausleuchteten. Dann hörte ich Hundegebell, Kommandos,
die gebrüllt wurden und das Schreien von Menschen.*

*Ich wusste nicht, was ich tun sollte, als die Tür unseres
Wagons aufgerissen wurde und eine uniformierte Frau
rief. >aussteigen, raus, aussteigen, los, los<.*

*Rebecca begann zu weinen, sie war müde und fiebrig und
ihre Wangen waren leuchtend rot.*

*Ich nahm sie auf den rechten Arm und Sarah an die linke
Hand. Sarah war still, gewiss war auch sie müde, aber sie
weinte nicht. Ihre Augen waren weit aufgerissen und sie
beobachtete das Durcheinander um sich herum völlig lautlos.*

*Ich kletterte mit Rebecca im Arm aus dem Wagon, was
beschwerlich war, aber ich war jung und hatte immer
Sport getrieben.*

*Vor mir war eine ältere Frau gestolpert und fast gefallen.
Eine der uniformierten Frauen, die einen sich heiser bel-
lenden Schäferhund an der Leine hatte, herrschte sie an.*

„Pass doch auf."

Trotz dem Gedränge gelang es mir, Sarah auch noch her-

auszuheben und umklammerte ihr Händchen fest.

Die Menschen setzten sich in Bewegung, nicht so schnell, wie die Aufseher es wollten.

Die tagelange Fahrt in dem Zug hatte alle steif werden lassen.

Ich hörte immer wieder die Kommandos > schneller, los, schneller<.

Der Menschenzug bewegte sich wie eine riesige Raupe auf ein Tor zu.

Plötzlich tauchte neben mir ein uniformierter Mann auf.

Er sah mich und meine beiden kleinen Mädchen an. Dann nahm er mich am Arm und zog mich aus der Gruppe.

Eine der Aufseherinnen blieb ebenfalls stehen, wagte aber scheinbar nicht, einzugreifen.

Da verstand ich, dass der Mann ein Offizier sein musste.

Er deutete ihr zu warten und sie trat einen Schritt zurück, zwar mit einem grimmigen Gesichtsausdruck, aber ohne ein Wort.

Der Mann sah zu Rebecca, die immer noch leise vor sich hin wimmerte.

„Ist das Kind krank?", fragte er auf Deutsch.

Ich war so erschrocken, dass ich nicht antworten konnte.

Mit einem Stirnrunzeln sah er mich an.

„Verstehen sie Deutsch?", fragte er.

Irgendwie fand ich meine Stimme wieder. „Wir sind Deutsche, aus Berlin."

Er sah mich verdutzt an. „Aus Berlin? Ich dachte, dort leben keine Juden mehr."

Ich weiß heute noch nicht, woher ich den Mut nahm, mich so mit ihm zu unterhalten, vielleicht, weil ich auch so wenig direkte Erfahrung mit SS- Leuten hatte.

136

„Wir lebten in Holland", sagte ich.

Er nickte verstehend und sah wieder Rebecca und dann Sarah an.

„Es sind Zwillinge?"

Ich bejahte es. Dann legte er seine Hand auf Rebeccas Stirn.

„Sie fiebert", sagte er und zog einen Holzspatel aus seiner Uniformtasche.

Jetzt sah ich auch den Äskulapstab auf seinen Epauletten. Er war also Arzt.

Konzentriert schaute er Rebecca in den Hals, was sich diese erstaunlicherweise gefallen ließ.

„Eine leichte Angina", stellte er fest.

Dann sah er sich zu der Aufseherin um, die scheinbar das Interesse an uns verloren hatte und sich um andere Nachzügler kümmerte. Ein Offizier war bei uns, damit war scheinbar die Sache für sie erledigt.

Er nahm mir Rebecca aus dem Arm und legte sie an seine Schulter. Die Kleine hörte auf zu wimmern und war ganz leise.

Ich war erschrocken, wagte aber nichts zu sagen. Wollte er sie versorgen? Er trat ganz nahe an mich heran.

„Hören sie zu. Wenn sie mit ihren beiden Mädchen da hineingehen, werden die beiden sterben. Ich nehme die Kleine hier mit, ihr wird es gut gehen. Sie kommt in gute Hände. Allein, mit dem anderen Mädchen, haben sie vielleicht eine Chance zu überleben."

Er sah auf Sarah hinab, die sich eng an meine Beine geschmiegt hatte. „Sie ist blond und blauäugig wie sie, das könnte sie retten."

Ich erstarrte förmlich, dann streckte ich die Hände aus.

137

„Bitte, geben sie mir mein Kind wieder, bitte."

Meine Stimme zitterte, meine Zähne schlugen aufeinander.

Er schüttelte nur den Kopf. „Ersparen sie ihren Kindern das", sagte er leise.

Dann wandte er sich um, aber ich griff nach seiner Jacke und zerrte daran. Er fuhr herum und sah mir noch einmal in die Augen.

„Es wird ihr gut gehen, das verspreche ich ihnen, so wahr mir Gott helfe."

Er nahm meine Hand von seiner Jacke, dann ging er zu der Aufseherin.

„Das Kind ist krank, ich kümmere mich."

Sie nickte nur und kam zu mir.

„Los jetzt", schrie sie mich an und der Schäferhund kam uns sehr nah.

Ich hatte nicht einmal Tränen für mein verlorenes Kind.

Dann sah ich den uniformierten Arzt über die Rampe gehen und in der Dunkelheit verschwinden.

Das war das letzte Mal das ich Rebecca gesehen habe.

Ich habe diesen Arzt, der mir mein Kind geraubt hat, aus tiefster Seele gehasst.

Vielleicht war es auch dieser Hass, der mir half, die Hölle von Auschwitz zu überleben.

Erst später habe ich erfahren, was diese Bestie Mengele eineiigen Zwillingen angetan hat.

Dann konnte ich langsam begreifen, dass dieser Arzt meine beiden Mädchen gerettet hatte.

Kate spürte, wie Tränen über ihre Wangen liefen.

Weiter konnte sie jetzt nicht lesen, obwohl sie es sich fest vorgenommen hatte, heute bis zum Ende zu lesen. Aber das konnte sie nicht, vielleicht würde sie es nie können.

War das, was sie bisher gelesen hatte, der endgültige Hinweis dafür, wer ihre Mutter wirklich war?

Omar hatte ihr den Briefumschlag in die Hand gedrückt und gesagt, es sei ihre Entscheidung, ob er weitere Nachforschungen anstellen solle.

Sie sah zur Uhr.

Gleich war es soweit.

Sie würde in den nächsten Wochen einen Weg gehen, der ihr helfen sollte, Entscheidungen zu treffen.

Sollte sie Superspecial Agent Wolter Fishers Angebot annehmen und an der Akademie des FBI als Dozentin lehren?

Sollte sie hier in Plauen bleiben, bei ihrem Team, das sich gerade in den letzten Monaten zu einer funktionierenden Einheit zusammengefunden hatte und auf sie zählte?

Was war mit ihren Gefühlen für Mike Köhler? Sollte sie sie für sich zulassen?

Sollte sie weiter nach ihrer Familie forschen?

So viele Fragen!

Es klingelte und Kate griff zu ihrem Rucksack.

Zumindest eine Entscheidung hatte sie getroffen.

Die, auf dem Camino zu pilgern und nach Antworten zu suchen.

Liebe Leser, danke, dass Sie Kate Schulz bis zum
Ende des dritten Falles gefolgt sind.

Sind Sie neugierig, wie es weiter geht mit Kate
Schulz???

Lassen wir Katerina „Kate" Schulz auf dem Jakobsweg zu sich selbst finden und ihre eigene Entscheidung treffen. Geht sie zum FBI zurück? Bleibt sie in
Plauen? Wird sie ihre Familie finden?

Sie werden es erfahren… im Frühling 2020 geht es
weiter mit Kate Schulz in „*Methusalem*"- versprochen!

Und wer mich zum ersten Fall mit Jane McKenzie
und Detective Inspektor Peter Brown nach London
und Schottland begleiten will, am Ende des Buches
gibt es eine kleine Leseprobe!
Ich würde mich freuen, wenn Ihnen die beiden auch
so ans Herz wachsen würden wie mir!

Zur Autorin:

Annette G. Krupka wurde in Plauen geboren.
Sie besuchte hier die Schule, lernte Krankenschwester, studierte später Pflegemanagement, erwarb einen Masterabschluss und ist als freiberufliche Unternehmensberaterin tätig.
Heute lebt sie in einer Thüringer Kleinstadt und hat bereits ein Fachbuch zum Thema Pflege veröffentlicht.
Entführt ist der dritte Teil der Katerina-Schulz-Reihe. Weitere Folgen sind in Planung.
Der erste Teil eines Krimis um Jane McKenzie und Detective Inspektor Peter Brown steht kurz vor der Veröffentlichung. Auch hier sind weitere Folgen geplant.

Lebensborn: Erster Fall für Katherina "Kate" Schulz

Warum wurde ihre Großmutter ermordet? Katherina
"Kate" Schulz, Special Agent beim FBI in Atlanta
erhält einen Anruf aus Deutschland von der dortigen
Polizei. Kurzentschlossen fliegt sie nach Deutschland,
in ihre Heimatstadt Plauen, die sie als 15- jährige,
gemeinsam mit ihren Eltern, verließ. Der Mordfall an
ihrer Großmutter erweist sich als rätselhaft, zumal es
kein Motiv zu geben scheint. Für Kate gibt es plötzlich noch ein anderes Rätsel, das Rätsel über ihre
Familie.

Golem: Zweiter Fall für Katherina "Kate" Schulz

Kate Schulz, ehemalige FBI Agentin, ist nach
Deutsch-land zurückgekehrt und hat in ihrer Heimatstadt Plauen eine Detektei und Personenschutz-
firma gegründet. Über mangelnde Aufträge kann sie
sich nicht beklagen, was Neid bei Konkurrenten her-
vorruft.
Nebenbei ist sie noch immer auf der Suche nach ihren
Wurzeln, denn bei ihrem ersten Besuch in Deutschland musste sie erfahren, dass ihre Mutter adoptiert
wurde.
Und ein Vermisstenfall, der von der Polizei nicht als
solcher gesehen wird, führte sie über den Jakobsweg
nach Prag und in eine lebensgefährliche Situation.

Erster Fall für Jane McKenzie und Detective Inspektor Peter Brown

Der Jugendfreund von Jane McKenzie, einer jungen Amerikanerin mit englisch-schottischen Wurzeln, wird vom mysteriösen Hyde Park Mörder ermordet. Gemeinsam mit dem Kriminalpsychologen Professor Downsand versucht Jane die Hintergründe der Morde zu entschlüsseln, die sie tief in der englischen Geschichte vermutet.
Sehr zum Missfall von Detective Inspector Peter Brown, der von der Hobbydetektivin alles andere als begeistert ist.
Jane hingegen setzt die Suche fort und erlebt auf dem ehemaligen Schlachtfeld von Culloden-Moor eine mörderische Überraschung.

-Leseprobe „Der Hydepark Mörder"-

Antony Dorsand stieg am Eingang Hyde Park aus
dem Taxi, zahlte und ging mit festen Schritten auf
das kunstvoll geschmiedete Gittertor zu.
Mit einem Lächeln sah er in den völlig wolkenlosen,
azurblauen Himmel und genoss den leichten, ange-
nehmen Wind, der ihm sein kurzes, dunkles Haar
zerzauste.
Das allseits beschriebene neblige, verregnete London
schien diesem Klischee heute keine Ehre machen zu
wollen.
Gut so, denn er hatte schon befürchtet, bei gießen-
dem Regen im Hydepark umherirren zu müssen.
Daher war er froh gewesen, seine Regenbekleidung
im Hotel lassen zu können
Er trug ein helles Button-Up-Hemd unter einem ma-
rinefarbenen Jackett und die sandfarbene Hose passte
farblich zu den leichten Wildlederslippern, die er
ohne Strümpfe trug.
Trotz dieser bequemen Freizeitkleidung sah man ihm
irgendwie immer den erfolgreichen Anwalt an.
Ein Freund hatte ihm einmal gesagt, er habe diesen
gewissen Blick, was auch immer das sein mochte.
Beim Gedanken daran musste er wieder schmunzeln.
Aber es schien wirklich etwas dran zu sein, kaum
tauchte er auf einer Party auf, wo ihn niemand kannte, irgendwo am Strand oder zu einer Bootstour im
Freizeitlook, irgendjemand vermutet immer in ihm
den Anwalt.
Ihm begegnete eine Gruppe japanischer Touristen,
die mit ihren Videokameras jeden einzelnen Schritt
zu filmen schienen. Als sie auch ihn versehentlich
filmten, verbeugten sie sich entschuldigend und als

145

er leicht kopfschüttelnd abwinkte, verbeugten sie sich nochmals.

Eine Familie, allem Anschein nach Schotten oder Iren, mit drei rothaarigen Kindern lief an ihm vorbei und das älteste Mädchen mit dicken Zöpfen und einem wadenlangen Blümchenkleid blieb stehen und lächelte ihn an.

Antony lächelte zurück.

Vor seinem inneren Auge tauchte ein Bild aus der Vergangenheit auf, die kleine Jane Mackenzie.

Sie hatte genau so ausgesehen, damals in dem Ferien-camp in Iowa.

Nur hatte sie nicht gelächelt und sie erzählte ihm nach einer Weile auch, warum.

Sie hatte gehofft die Sommerferien mit ihrem Vater in Schottland zu verbringen, aber dieser musste plötz-lich geschäftlich nach Neuseeland und war der ab-surden Idee anheimgefallen, seiner Tochter würde ein Urlaub in einem Camp unter anderen, gleichaltri-gen Kindern, guttun.

Genau eine Woche war sie geblieben und er, Antony, hoffte täglich ihr zu begegnen. Ihre Haare und die Sommersprossen auf ihrer Nase faszinierten ihn eben-so wie ihr hübsches, ernstes Gesicht.

Nach einer Woche war Jane abgereist, er brachte in Erfahrung, dass ihre Tante sie nach Schottland geholt hatte.

Scheinbar war der Geschmack ihres Vaters eines Ferienaufenthaltes nicht der ihre gewesen.

Antony war sehr enttäuscht gewesen als sie weg war und ihm wollte der weitere Aufenthalt einfach kei-nen rechten Spaß mehr machen.

Auch nach den Ferien hatte er das Mädchen nicht
vergessen, bis er ihr auf dem Studienball des ersten
Semesters in Harvard wieder begegnete.

Er erkannte sie sofort, auch wenn über zehn Jahre inzwischen vergangen waren und er schwärmte noch
immer für sie.

Er glaubte einfach an keinen Zufall, sondern daran,
dass das Schicksal sie bewusst hier wieder zusam-
mengeführt hatte.

Nur leider oder Gott sei Dank, das hatte ihn die Zeit
gelehrt, zeigte Jane kein Interesse an ihm als Liebha-
ber oder gar Ehemann, sie trug sich nicht einmal im
Entferntesten mit dem Gedanken an eine Beziehung,
und eine Affäre wäre für die streng katholisch erzo-
gene junge Frau undenkbar.

So wurde sie aber über all die Jahre eine gute, eine
sehr gute Freundin, die immer ein offenes Ohr für
seine kleineren und größeren Probleme hatte und
auch wenn sie häufig eine große Distanz trennte, da
Jane sich meist in Europa aufhielt, war ihr Kontakt
nie ganz abgebrochen.

Während er in einen der weit verzweigten Wege ein-
bog, dachte er daran, dass er fast ein schlechtes
Gewissen hatte, sie nicht eher von seinem Besuch in
England informiert zu haben.

Sicher hätte auch sie Interesse an dieser ganzen
Geschichte gehabt und hätte ihm behilflich sein können, aber…

Er schüttelte in Erinnerung an den Anfang eben dieser Geschichte, die ihn heute hierherführte, etwas
den Kopf.

Diese ganze Geheimniskrämerei fand er zunehmend
albern, aber seine Neugier war stärker.

Er hatte schon immer etwas für einen Hauch Abenteuer übriggehabt, nur deshalb hatte er sich überhaupt auf diese Geschichte eingelassen, die verheißungsvoll klang und alles in allem sehr lukrativ zu werden schien.

Normalerweise war dies alles hier nicht sein Stil, aber wenn dabei wirklich so viel herauskommen würde, wie er in Aussicht gestellt bekommen hatte, war es doch keine schlechte Sache.

In ein paar Minuten würde er nun endlich mehr wissen und danach Jane treffen und sie würden bei einem Bier in dem gemütlichen Pub über diese ganze Geschichte plaudern.

Das kleine Mädchen war ihrer Familie gefolgt und Antony ging etwas schneller den Weg hinunter und schaute nochmals auf seinen Plan, den er zusammen mit dem Brief in der Tasche seiner Jacke trug.

Nach ein paar Schritten war er in einem etwas entlegenen Teil des Hydeparks angekommen und hörte die Geräusche der draußen fahrenden Autos, aber auch die Stimmen der Spaziergänger im Park selbst, deutlich verhalten.

Noch einmal orientierte er sich an dem Plan und lächelte erneut etwas.

Auch das erinnerte ihn an die Schnitzeljagten aus Pfandfinderzeiten.

Schließlich blieb er vor einer Eiche stehen, dem vereinbarten Treffpunkt.

Er sah auf seine Rolex und holte hörbar Luft.

Er war pünktlich, sein neuer Partner scheinbar nicht. Antony hasste Unpünktlichkeit, gerade im Geschäftsleben.

Plötzlich hörte er ein Rascheln und wandte sich um. Ungläubiges Staunen trat in sein Gesicht, er wollte etwas sagen, aber er hörte nur noch ein hohes Pfeifen,

148

sah eine blitzende, riesige Klinge auf sich zukommen, ohne nur die geringste Chance zu haben ihr aus zu-weichen.

In diesem Augenblick, dem Letzten seines Lebens, verwünschte er seine Fitness, die er in teuren Fitness-studios sich tagtäglich antrainiert hatte und die ihm jetzt nichts mehr half.

Aber gnädigerweise spürte nicht einmal mehr einen Schmerz, als sein vom Rumpf abgetrennter Kopf gegen den Stamm der Eiche prallte.

Aus seiner Jackentasche wurden der Brief und die Karte entnommen und neben seine kopflose Leiche fast behutsam eine weiße, voll erblühte Rose gelegt. Dann war nur noch das Knirschen der kleinen Weg-kiesel unter einem festen Schritt zu hören, bis lange danach der hysterische Schrei einer älteren Frau die Stille zerriss und jede Menge Schaulustige auf den Plan rief.